SHANGHAI LITERATURE & ART PUBLISHING GROUP

故事会
精品系列

傻子故事

I0517288

上海锦绣文章出版社
上海故事会文化传媒有限公司

上海文艺出版（集团）有限公司

图书在版编目（CIP）数据

傻子故事 《故事会》编辑部编 – 上海：上海锦绣文章出版社
（故事会精品系列） ISBN 978-7-5321-1735-2

Ⅰ．①傻…Ⅱ．①故…Ⅲ．①故事 作品集 中国 当代 Ⅳ．I247.8

中国版本图书馆 CIP 数据核字 (2003) 第 012185 号

丛 书 名：故事会精品系列

书　　 名：傻子故事

主　　 编：何承伟

编　　 委：何承伟　　吴　伦　　姚自豪　　夏一鸣

责任编辑：刘迎曦　　鲍　放

装帧设计：王　伟

责任督印：张　凯

出　　　　版：　上海锦绣文章出版社

　　　　　　　　上海故事会文化传媒有限公司

POD 海外发行：　中国图书进出口上海公司

　　　　　　　　电话：021-36357888

　　　　　　　　传真：021-36357896

　　　　　　　　地址：上海市虹口区广中路 88 号

　　　　　　　　邮编：200083

海外 POD 发行版本　　　　　　　　　　　　　**版权所有·不准翻印**

目　　录

人傻情真

世界上再没有比"真"更美的东西,唯有"真"才是最可爱的。

刀刀救恋人

　　杏花镇上有个叫"刀刀"的傻子,他的名气竟大得盖过小小杏花镇。刀刀原先并不傻,他有个青梅竹马的恋人叫素素,是小镇上的头号美人儿,可就在刀刀筹备与素素的婚礼时,素素却突然同他翻了脸,去和化肥加工厂的厂长柳六伦从乡里领回了结婚证。

　　原来,柳六伦靠办化肥加工厂发了,他经常骑辆豪华摩托车,城里镇上来回跑。素素就稀罕这个,埋怨刀刀只知埋头"绿化"地球,不知寻思如何"先富起来"。

　　刀刀不是不具备"先富起来"的条件,相反他曾在县农科站培训过,掌握了不少农田化肥知识,如果让他办化肥加工厂,准比柳六伦富得快。然而刀刀却不干,开口闭口一口一个"绝不办像柳六伦那样坑人的加工厂"。

可素素不这么想，她撇下一句话："俺不管坑人不坑人，俺只认准谁有钱就嫁谁这理儿。"就这么，她扭头走了。

眼看就要过门的媳妇跟别人领回了结婚证，刀刀的老母亲哪受得了，一口气没喘过来，带着心中的遗憾去世了。

刀刀意志再顽强，也承受不了这双重打击，精神彻底崩溃了。此后，他便常常独自一人坐在柳六伦化肥加工厂对面的那棵古槐树下，吹着悲凉的竹叶笛，向古槐树倾诉他内心的苦痛，那悲凉的曲子吹得古槐树都要落泪。

刀刀心里仍爱着素素，那竹叶笛是素素当年在竹林里送给他的，可如今素素早把它给忘了。

就这样，刀刀日复一日、年复一年地干着正常人所谓的"傻事"，饿了，吃一口好心人送的剩饭；渴了，就喝一口那饱受化肥加工厂废水污染了的池塘里的水。一些闲得无聊的人还常常逗他取乐，唆使他干傻事儿，刀刀常常被人家揍得鼻青眼肿的。

这天，有人见素素从化肥加工厂出来，便逗刀刀，让他去和素素亲个嘴。不料平时最乐意干这类傻事儿的刀刀，今天看着素素却愣愣地立在那儿，动也不动。

那些人见刀刀不挪步儿，以为他没听见，又补一句，可刀刀依然立着不动步儿。那些人见刀刀竟然不听他们的话，生气了，于是拿石头、土块、鸡蛋去砸他。刀刀的头被打破了，脸上糊满了蛋清和污泥，血流了一头一脸，可他却始终没去碰素素一个指儿。

看到这情景，素素流泪了。自从与刀刀分手后，素素还是第一次与刀刀正面接触。素素气愤地斥责那些人，把他们赶走后，走到刀刀跟前，从挎包里掏出餐巾纸，替刀刀揩去了脸上的污泥及蛋清，帮他包扎好伤口，凄声说："刀刀，你照他们的话做好了，也少吃这么多苦头，我不怪你！"

可刀刀望着昔日的恋人却什么也不说,只是傻笑。刀刀开心极了,他想他的心上人终于出来见他了。

素素见他光笑不说话,生气地说:"刀刀,刀刀,你真傻了,遭此侮辱,亏你还笑得出!"说罢,叹口气抹抹眼睛,扭头走了。当初,她怨刀刀傻,弃他而去,而如今她见刀刀真傻了,而且是因她而傻,心底里不由掠过一丝愧疚和酸楚。

打那以后,刀刀依旧在古槐树下颠来复去地吹着那悲凄的竹叶笛。有时时间久了,或逢下雨,素素就从厂里出来给他送些吃的或拿把伞给他,可却从不对他说什么。如今她还能说什么呢,她儿子也长到上学的年龄了!

再说城里一个专门为柳六伦化肥加工厂地下加工化肥袋的铁哥们,因干了违法事儿遭到司法部门的追捕,这个铁哥们逃到了杏花镇,在古槐树附近劫持了素素,向柳六伦索要巨款。

柳六伦与他那个铁哥们同样意识到金钱的重要性,有钱就有了一切,有钱还怕娶不到第二个素素?于是柳六伦就对他这个铁哥说:"要钱一分没有,你要那女人,我送给你!"

一听这话,那歹徒顿时恼得头上青筋蹦了出来,他怎么也没想到对方宁愿丢弃自己的老婆,却一分钱也不给他。他岂肯甘休?于是抽出一把尖刀,贴到了素素的脖子上,再次胁迫柳六伦说:"你真的一分钱也不'借'?"柳六伦干笑道:"要钱一分没有,其他悉听尊便!"

听他这么说,歹徒绝望了。没钱他哪儿也去不了,只能束手就擒!

在歹徒手中的素素也绝望了。柳六伦刚才说的这番话,就像鞭子在抽她的心。素素没想到自己会落到这地步,她知道柳六伦怀里揣着一沓刚从银行里取出的现金,竟视她生命如蚂蚁。

绝望之中,素素总算看清了柳六伦的真实面孔,她气,她恨,可她又能说什么呢,是她自己把自己当成金钱,换来今天这样的下场!

　　她万念俱灰地闭上了眼睛。突然,在她的耳畔响起了那熟悉的竹笛的笛声,那是刀刀吹的竹叶笛声,笛声中含着幽怨与激情!

　　这时刀刀正呆在古槐树下,目睹了这一切。

　　镇上有不少的人在场,也都目睹了这一切,可是却没人上去制止歹徒的行为。

　　眼看素素要遭受歹徒的残害,这时有个人轻声对刀刀说:"刀刀,你敢上去把那人的刀子'拿'过来呒?"

　　刀刀"嘿嘿"笑了笑,便吹着竹叶笛朝歹徒走了过去。

　　歹徒看着刀刀一步一步朝自己走过来。他以前曾听人说过,这个傻子就是为眼前这女人痴傻的,因此,他以为刀刀这会儿过来准是趁机拧她出气的。于是,他冲着刀刀说:"这女人那姓柳的不要了,来,咱们合伙快乐快乐!"

　　可他做梦也没料到,刀刀走到他面前吼一声:"去你妈的吧!"同时一挥手把他掀了个狗吃屎,鼻子磕出了血。

　　在歹徒被刀刀击翻倒地的同时,素素趁机逃脱出来。刀刀并没有因此而罢手,他扑向歹徒,要夺他手里的尖刀。

　　歹徒见手上的最后一个筹码叫一个傻子给放跑了,而且这傻子还来夺他手中的刀,他恼恨地一咬牙,一刀戳进了刀刀的胸膛。

　　刀刀胸前的衣服立刻被染红了一大片,血还在往外流,刀刀"扑通"一声倒在了地上。但他仍死死地拖住歹徒的腿,把那把尖刀捏在手中,直到鲜血流尽,才安详地闭上了眼睛。

　　素素愣住了,半晌哭不出一声来,她木讷地走到刀刀身边,在刀刀脸上亲了一下。尔后从地上捡起竹叶笛,坐在刀刀身边无休无止地吹起来……

(翁志刚)

傻二救娇女

王家村有个小伙子叫王德宝，今年二十八岁，还未成家。王德宝小时候当地闹地震，塌下的砖瓦砸了他的脑袋，落下个傻乎乎的后遗症，一年四季嘴角边总是挂着口水，见人总是咧开嘴"嘿嘿嘿"一阵傻笑。村里人就叫他傻二。

王家村依山傍水，景色挺美。每逢双休日，城里就有不少红男绿女钻到山里玩。傻二每每看到青年男女搂腰挎臂的，就冲着人家傻笑，一笑就没完没了。

这天，傻二上山砍柴，到中午时他把砍下的柴禾扎成捆，背上肩，"吭唧吭唧"地往家里走。走着走着，猛听得有人大叫"救命呀"，声音挺瘆人，傻二反应倒挺灵，"咚"地撂下柴禾捆，循声奔过去，一看，是个俊俏姑娘，坐在地上直"哎哟"。傻二咧开嘴,刚要对人家笑,突然看到从那姑娘身边的草丛里"嗖"地窜出一条银环蛇,扭了几下就没了影子。傻二暗叫不好,明白姑娘是遭蛇咬了,他也不顾什么"男女有别",立即扑上去,一把抓起那姑娘被咬的腿,又"嗤"地把人家的裤腿扯了个大口子,二话不说,抄起腰后的砍柴刀,照着姑娘的小腿肚子"刷刷"就是两刀。立时,一股黑血就从姑娘腿上汩汩地冒了出来。傻二又张开嘴,对着伤口猛吸起来,吸一口吐一口,吐一口吸一口,待见着了鲜血才住了口。接着,他又伸手一把薅下姑娘扎头发的发带,左缠右绕把她的伤腿绑住,这才顾得上"嘿嘿"地笑了笑。

傻笑一阵,傻二转过身,蹲下来,冲姑娘说:"上!"那姑娘也是顾命要紧,没嫌傻二一身呛人的汗腺气味,挪了挪身子,趴在傻二的后背上,双手勾住了傻二的脖子。傻二一手背起姑娘,一手拖着柴禾捆,往山下走去。

由于傻二抢救得法,送医院及时,姑娘很快就伤好出院了。姑娘一家特意买了礼品,到王家村来感谢傻二,全村的人这才知道傻二干了件好事,又打听到这姑娘是乡信用社的会计,叫孙莉。

孙莉一家走后,村里人就拿傻二开玩笑:"傻二,抱过姓孙的那小妞吗?""抱、抱过。""舒服吗?""白、白的,软、软软的,好香好香,好玩,好玩。"有人逗他:"傻二,你他妈真傻,知道人家今天干啥来了吗?人家是看中你了,想做你媳妇呢!"傻二吸溜了几下口水,问:"真的?""骗你干啥?明儿你赶快去老丈人家拜访拜访去。"

傻二就是傻,别人说啥他信啥,第二天清早一起床,就从鸡窝里捉了几只肥笃笃的大母鸡,用麻线一捆就要出门。他娘问他:"二子,哪去?"傻二大嘴一咧:"看我媳妇去!"他娘骂他:"你抽哪门子疯啊,快把鸡放了!"傻二不听,撒腿就跑,十几里地没歇气,径直跑进了乡信用社。

孙莉刚上班，抬头一看，是救命恩人来了，忙站起来，问："大哥，你……"傻二上气不接下气地"嘿嘿"笑着说："看你来了。走，上你家去！"孙莉莫名其妙，看傻二着急的样子，不知发生了什么事，只好请了假，带着傻二回了家。

一进门，傻二把手中的母鸡一扔，"扑通"就给孙莉的父母跪下，像鸡啄米似的不停地磕响头，一口一声"爸"，一口一声"妈"，弄得孙莉一家三口面面相觑，半天才琢磨出味来，哭也不是，笑也不是。好在他们一来念傻二的救命之恩，二来昨天去王家村也了解了傻二的情况，也不怪他。为了结束这场闹剧，只好哄他："德宝同志，你来晚了一步，孙莉昨天刚订了亲。"

傻二一听，"哇哇"大哭起来。哭了一阵，冲孙莉说："我走了！"就回了王家村。回村后，他就骂那帮起哄的人："你们干啥骗我？孙莉都订了亲，我还怎么要她做媳妇？"大伙听了，"嘎嘎嘎"地笑弯了腰。

傻二救孙莉的事后来被报社记者知道了，写了篇报道发表了。年终时县里表彰见义勇为先进个人，傻二榜上有名，他披红挂彩地去县里开了半天的会，吃了一顿饭，领了一千元奖金，然后高高兴兴地奔汽车站，准备搭车回王家村。

午后，街上人不多。傻二正走着，就见一个人骑着自行车，飞快地迎面而来，擦身而过的时候，"啪"从车上掉下个黑色的皮包。傻二一看，立即大吼一声："站住！"这声音好似炸雷，惊得那骑车人一哆嗦。他回头看了一眼，不仅没下车，越发狠劲地蹬车而去。

傻二没法，只好捡起那包，等待失主回来。他见那黑挎包挺漂亮，金色的拉链，包上还镶着一块花花绿绿的牌牌。他好奇地把拉链一拉，立时真正傻了眼。怎么呢？这包里没别的，全是钱，一百元一张的，装了大半挎包。傻二这下更不敢走了，死等失主呢。

一会儿，真有人寻包来了。这人三十来岁，大老远地就招呼傻二"大哥"，走到面前，又是递烟，又是摁打火机。傻二吸溜吸溜口水，说："我不抽你的烟。""哎呀，烟酒不分家嘛!""不，警察说过，不能吸不认识人的烟。"那人听了，并不恼，笑着说："大哥，刚才我的包丢了。我一路寻找，我一眼就认出了这包。真谢谢你了。"说着，伸手就要拿包。

傻二没松手，问："这包里有啥?"

那人前后左右看了看，压低嗓门说："不瞒大哥，是钱，是我们单位的工资。"说着又伸手拿包。

傻二一巴掌挡了回去："不给!"

那人急了："为啥?"

傻二"嘿嘿嘿"地笑了，说："你骗我。刚才骑车的不是你!"

那人没想到傻二的眼这么准，"吭哧"了一会，说："大哥真是好眼力。实话对你说吧，丢钱的是我们单位的会计。这样吧，你把包给我，我抽出一万元给你。不少吧?"

傻二咧咧嘴："一共多少钱?"

那人说："二十多万吧。"

傻二又是笑："你耍我。我叫傻二，可我不傻。一万元我不要，我要二十多万。"

那人真急了，解开衣服，"噌"地从怀里抽出一把刀子，晃了晃，威胁道："爷们，放明白点，别敬酒不吃吃罚酒!"

傻二呢，根本就不怕。他把黑皮包往脖子上一挂，晃了晃脑袋，手往脸上一抹，抹下一手的汗水，"啪"地一甩，甩了那人一脸，又"嘿嘿"一阵傻笑，一边笑一边往前凑，嘴里念叨着："你来呀! 你来呀!"

那人一见，怕了，心说：这小子是不是会功夫呀? 就吓得往后退。

傻二一见，觉得挺有趣，乐得更厉害了，乐着乐着，索性要往上扑了。那人一见,暗叫不好,扭身就跑。傻二看他要跑,就追,这下可好看了,县城大街上,一个拿刀子的前边跑,一个脖子上挂个包的后边追,引得行人纷纷看热闹。

这时正好有辆巡警车路过,见到这个情况,把车一停,"噌噌噌"跳下三个警察,不由分说就把傻二和那人扣住了。

到了公安局,傻二把包一放,"嘿嘿嘿"地乐着说:"我捡个包,有钱。他说是他的,我不给,他就动刀子。奶奶的,我不怕!"

警察已认出傻二了,这不是上午参加表彰大会的英雄吗,想不到英雄又干了一件英雄事,面对持刀歹徒不怕死。

警察把皮包一打开,眼睛"刷"地亮了,为啥?刚刚接到报案,银行遭歹徒抢劫了,正组织围追堵截呢,不想没费力就破了案。

银行的人来了,傻二一看,又乐了。原来遭抢的不是别人,正是孙莉所在的乡信用社。中午快休息时,两个持刀歹徒闯进信用社,抢走了23万元;歹徒急匆匆在县城乘车外逃,不意忙中出岔,将包失落,被傻二捡到;傻二一声吼,吓得歹徒不敢停车;过后两人一嘀咕,决心把钱骗回来;偏偏傻二有个傻心眼,死活不给。

傻二又一次帮了孙莉的忙。孙莉特激动,说:"傻……王德宝同志,我真不知该怎样谢谢你!"

傻二咧开嘴说:"不谢不谢。哎,你啥时生孩子告诉我一声,我得喝杯喜酒呀。"

一句话说得孙莉的脸"腾"地红了。她婚都没结,谈什么怀孕呢!她嗫嚅道:"我、我还没对象呢。"

傻二一听,傻了,随即"嘿嘿"乐了,拍着胸脯说:"没关系,我娶你!"

嘻,你说这傻二,怎么逮什么说什么呀!

(范大宇)

西山大队有个会计，用火一样的热情追求一个叫龙彩的女知青，并且让她怀上了孕。恰在这时，会计听到他有可能被提升的消息，那时，还是"文化大革命"的时候，会计心想：如果与龙彩发生关系的事被揭开了，不但得不到提升，还可能被扣上破坏"上山下乡"的帽子，那就完了。可是龙彩怀孕了，时间一长，纸里就包不住火了。怎么办？他想了好久，终于想到找个名叫白云的青年，叫他承认龙彩怀的胎儿是他的。

说到这个叫白云的青年，24岁，无父无母，平时跟祖母过日子。白云忠厚老实，老实得有点傻，有些人在背后称他"白傻"。

这天，会计找到白云，装出一副关心的样子，说："白云，你岁数也不小了，我给你介绍个媳妇好不好？你看下放知青龙姑娘怎样？"

白云简直不敢相信自己的耳朵,他脸一红,头一低,说:"这怎么行? 村里的姑娘都不愿跟我,甭说龙姑娘了!"

"真的,我不骗你,她不知怎么已经怀孕了。你只要说是你让她怀的孕,龙姑娘就是你的了。"

"为什么要说我呢? 我不配。"

"哎呀! 这不是你不配,这是你在帮她的忙。你想想,一个姑娘怀孕,没男人承认,你说这名誉多难听? 你承认了,把她娶回来,这怀孕就变成正大光明的事了。"

白云听会计这样说,把头点点,说:"没人承认,龙姑娘名誉是不好听。不过,我承认归承认,娶她我不敢想。"

会计心里话:妈的! 娶她还轮得到你? 是要你去当老子的替罪羊! 可嘴上却说:"好,祝你走运。"

第二天,白云被带进公社关起来。武装部长和五七干事问他和龙彩的关系问题,他一时不知怎么回答好。心里想:要说没这事吧,龙姑娘已经怀孕了;要说有这事吧,龙姑娘怎么会看中我? 这不是对她的污辱吗? 又一想:不如说强奸吧,这样不是龙姑娘情愿的,既符合我的身分,又能保全龙姑娘的名誉。想到这儿,正好武装部长拍着桌子让他交代,他就吞吞吐吐地说:"是我、我强行、强行压在她身上的……"

白云在公社交代,本属保密性质,可不到一天工夫,便传到龙彩的耳中,可把她给气坏了! 她气会计不是人,她想到公社去揭露事实,控告会计,让他罪有应得地去坐牢。但仔细想想又觉不妥:控告什么? 告会计强奸吧,自己已怀孕这么久了,为啥不说? 而且中间还夹着个白云在无中生有地承认强奸,这岂不越告越糟吗? 掉过头来再想想,这白云也真是个名副其实的白傻,在这种事情面前你居然甘愿为那小子当替罪羊,还承认强奸。你可知道,强奸下放学生,破坏上山下乡,是上纲上线的事,轻则坐牢,重则送命啊!想到坐牢送命,她又觉得白云可怜。一觉得他可怜,白云的影子便在她脑海里晃来晃去:他见了姑娘,脸总是那么一红,头总是那么一低,难道这就是他向姑娘们打招呼吗?他经常帮姑娘们挑水,每当这时,背后总有人称他“白傻”……想到白云的好处,他好处还真不少哩,一件件、一桩桩,此时此刻都能引起龙彩的深思:我经过他门口时,他为什么总走到门外来望着我?而且望很久很久;他捉几条小鱼,为什么要送来给我吃?多么善良的人,却马上要坐牢或许是死!他这是为什么?为会计吗?不像。难道是为我吗?哦!对。是为我,他承认强奸,不正是为了保全我的名誉吗?“唉——”龙彩长叹一声,自言自语地说,“看来事到如今,只有我才能救他了!”她思前虑后,权衡再三,最后决定去公社走一趟。

在公社,龙彩毫不掩饰地对五七干事说:“恋爱是双方的,不能怪白云一人,况且是我主动找他恋爱的,要处罚应该先处罚我。”

五七干事心想:一个说是他强行压在她身上的,一个说是她主动恋爱,可见他俩情感之深。但为了慎重起见,五七干事还是严肃地对龙彩说:“龙彩同志,请你不要任性,白云既然承认了,你又何必硬往自己身上揽这份腥呢?这关系到你个人的前途,你一辈子的大事。只要你马上去医院做人工流产,以后不提这事,是不会影响你的前途的。而且,我们也好向你父母交待呀!”

“谢谢关心!”龙彩坚决地说,“我知道怎样向父母交待,我的前途就在农村,我早就决定扎根农村。我现在郑重宣布:我马上和白云正式结婚。”

龙彩终于在把白云领回家,便又马不停蹄地回到市里跟父母商量,说她已经恋爱了,只是小伙子家很穷。父母说:“你既然恋爱不嫌穷,父母哪有意见,只是没见过面,最好把他带回家让爸妈看看,也好放心。”

　　龙彩又立即赶回生产队,还特地给白云买了一套新衣服穿上,带他去见父母。常言说得好:"人要衣装,佛要金装。"白云平时穿得破衣烂衫不显眼,现在新衣服一穿,还真有点派头哩。你看他:五官端正、四肢匀称,黑黑灿灿,大手大脚。把龙彩父母看得喜上眉梢,尽挑好菜往他碗里搛。

　　一个月后,龙彩人工流产恢复健康,便与白云正式结婚了。结婚的晚上,龙彩催白云上床睡觉,白云却端把椅子离床老远地坐着,说:"龙姑娘,你睡吧,像你这样美丽的姑娘,我不舍得和你一起睡;像你这样大城市的人,我不舍得连累你。我坐着望着你睡。我保证再没人敢欺侮你了。只要你睡得好,我心里就好过了。"

　　白云这几句话,说得龙彩感激涕零,她把白云拉到床边,说:"我俩结婚了,我俩就是夫妻,我再也不回城市了,我永远属于你的了。如果你不愿和我一起睡觉,那你就是嫌我这身子曾被别人玷污过了?"听龙彩这一说,白云才像做错事一样,忙上床一个劲地吻着龙彩……

(万道义)

傻 有 傻 福

命运无视善良，对毁坏也漠然，它只是在无情的路上滚着。

笨汉成富翁

从前有一个男孩叫杰克,父亲死得早,他和妈妈一起生活。妈妈一天到晚为别人纺线,而杰克却既傻又懒,什么事都不愿干,日子过得很苦。在妈妈的不断劝说下,他才不得不出去打工。

第一天,他在附近的农场里找了个活儿,报酬是一天一个便士。晚上回家的时候,杰克不知道把挣的钱往什么地方放,就顺手把钱扔进了一条小河。

他妈知道了,说:"你真是个笨孩子,你以后挣的东西应该装进口袋。"

杰克说:"知道了。"

第二天,杰克在一个奶厂找了个活儿,报酬是一天一杯牛奶。晚上回家,他按妈妈所吩咐的,把奶装进了口袋里,奶漏了下来,弄得满身都是。

妈妈见了大叫道:"天哪!你应该把这杯奶顶在头上呀!"

杰克说:"妈妈,以后我会这样做的。"

这天他又在一个村子里找了份工作,报酬是一天一块奶酪。晚上,杰克把奶酪顶在头上回家,奶酪遇到热气溶化了,弄得满头满脸都是,头发都糊成了团团。

妈妈见了说:"你太笨了,你应该把奶酪拿在手上。"

杰克说:"好吧,妈妈,以后我会这样的。"

有一天,他又出去找工作,在一个面包师那儿干活。他一连干了好多天,面包师分文没有给他,只给他一只小花猫。他把小花猫拿在手上,哪知这小花猫极不老实,对他又抓又咬,他的手指被小花猫抓得鲜血淋淋,他只得把小花猫给放跑了。

妈妈说:"孩子,你真是死脑筋,你干吗不用绳子拴着它回来?"

杰克说:"好吧,妈妈,我以后会这样的。"

又过了几天,杰克帮一个屠夫杀牛,干了好几天,屠夫只给了他一块不大的牛肉。杰克把牛肉用绳子拴紧,在地上拖着回到了家。到了家,肉已所剩不多,而且脏得不能再吃了。

妈妈见了说:"你呀,真没治,你把它扛在肩上不就行了吗?"

杰克说:"好吧,妈妈,以后我会这样的。"

这天,杰克到一个大牧场帮工,干了两个月,老板给了他一头小毛驴作报酬。杰克长得虽然壮实,但要把这头小毛驴扛在肩上,确实有点费劲。但他记着妈妈的话,把驴子扛在肩上,一步步艰难地往家走。

他经过一个小村庄,庄里有一位大富豪,大富豪有一位如花似玉的女儿,但这姑娘又聋又哑,长了这么大还没笑过,医生说这姑娘可能一辈子也不会笑了,除非有人逗她发笑。然而经过多次努力，都失败了。最后大富豪宣布，谁能让他女儿发笑，就把女儿嫁给他！很多小伙子都跃跃欲试，一个个都碰了一鼻子灰。

这天，姑娘坐在闺房里看窗外的风景，一眼看见杰克扛着驴子走过来，驴子的四只脚荡在空中来回弹蹭。姑娘从来没见过这场景，忍不住大笑起来，从此姑娘不但会笑，而且恢复了语言和听觉功能。

大富豪欣喜若狂，为了信守诺言，就把女儿嫁给了杰克。从此杰克也成了个大富翁，把母亲接来和新娘住在一个宽大的房子里，过上了幸福的日子。

（郭鸿昌　编译）

憨牛中状元

　　很久以前,一个村子里住着一对兄弟。弟弟叫憨牛,憨厚老实;哥哥外号"懒虫",贪喝好赌。他们父母早亡,虽说弟弟勤快,可家里养了条懒虫,日子过得不好。

　　一天,憨牛一个人在家,一个外乡老太婆来他们家讨饭,他热情地请她进屋,端出饭菜,让她吃了个饱。憨牛见老太婆白发苍苍,不禁想起了自己的父母,默默地流下泪来。他想把老人家认作母亲,一来可帮他们哥俩照料家务,二来免得她去讨口要饭了。

　　于是,他把老人扶上椅子,"扑通"一声跪了下来,连磕三个响头,说:"老人家,你就留下来给我们当妈吧。"

　　老太婆做梦也没想到会收下这么个大儿子,欢喜得眼泪都掉了下来。

　　晚上,懒虫回来,知道这事后大发雷霆,硬逼着憨牛撵走老太婆,不然就分家。憨牛没有办法,只得和哥哥分了家。

　　分家后,懒虫把自己那份地卖了,靠赌博为生。憨牛在母亲的照料下,把庄稼种得特别好,结出的谷子,在村里是数一数二的。

　　这天,老太婆把憨牛叫到跟前,对他说:"儿啊,你当初说过,一切听我吩咐,对吧?"

　　"母亲有啥吩咐,孩儿听着。"

　　"今天天气好,你把谷子割了,晒干打成捆,堆到楼上。"

　　憨牛惊呆了,谷子才扬花,怎么就割呢?但想到自己以前说过的话,只好照办。不久,别人都打谷子了,憨牛却没活干,家里又缺粮,憨牛只得去打短工,挣点钱来养活母亲。

　　一天,憨牛进城干完活,买了几个馍馍带回家给母亲吃,正巧城墙上贴了一张告示,他不管三七二十一,随手扯下用来包馍馍。

　　憨牛刚进家门,公差就追来了,他们问憨牛母子宝草在哪儿,弄得憨牛丈二和尚摸不着头脑。

　　一个公差上前两步,捡起地上的纸团,说道:"这是皇榜,既然你揭了,就赶快把宝草献出来吧!"憨牛一听,吓坏了:"我家哪来啥子宝草?糟了,揭榜无草,不是犯了欺君之罪吗?这下可真的闯下大祸了,妈妈,咋办呀?"

　　母亲不慌不忙地问:"皇榜上说的宝草是不是空穗稻草?""正是,正是!皇上得了怪病,太医诊断说只有用空穗谷草煎水洗身,方可治愈。"

　　"憨儿,快把楼上的谷草搬下来。"

　　憨牛竟然成了献宝功臣!从此,母子俩过上了无忧无虑的生活。

(杨零零)

傻郎梦骏马

从前，淮河边有个孩子，十五岁死了爹娘，为了生活，只好给财主放牛、牧羊。因为他憨厚实诚，人们就叫他"憨郎"。

这年夏天，一天，憨郎在河边放牛，忽然听到河心岛上传来马叫声。他泅水过去，见三匹枣红大马在岛上吃草，他左喊右喊，没人答应，心想：没人问，俺也不管。就又泅水回到岸边，躺在树阴下，不一会儿就睡着了。

在睡梦中，突然听到有人喊："放牛孩儿，看见三匹大红马没有？"

憨郎揉揉眼睛，迷迷糊糊地说："我正在梦……"话没说完，就又倒下睡着了。

找马的人以为他说能梦到马在哪，便道："好！快给我梦梦!"

不一会儿,憨郎醒来了,找马人问:"三匹枣红马在哪?"

憨郎说:"在、在河心岛上吃草。"

找马人到河心岛上,果然找到了三匹枣红大马。他要给憨郎一百串钱、憨郎说:"俺没处放。"找马人要给他一匹大红马,憨郎说:"不要,它会给俺的牛牴坏呢。"他什么也没要找马人的,可是"憨郎梦马"却一传十、十传百,传遍了淮河两岸。

这事传到了知县耳里,说也真巧,这个知县的大印丢了,便把他请到县衙里,限他三天把大印梦出来,否则就要杀他的头。

憨郎一听哭了,哭了三天两夜没合眼。到第三天夜晚,他绝望了,心想:哭啥哩? 反正不是一死吗?

知县有个女儿,长得如花似玉,人称二小姐。爹娘给她说了许多人家,她都没答应,她听说憨郎会神梦,想把自己的终身许给他,但又不知真假。第二天清早起床,她从枣树上摘了一个还不熟的枣子,问憨郎:"快梦梦,我手里是啥?"

憨郎刚起床,揉揉眼说:"大清早(大青枣),梦啥哩?"二小姐一听,惊得目瞪口呆。

期限已到,憨郎还没把大印梦出来,知县就叫张三、李四两个衙役拿了鬼头大刀,要杀憨郎。

知县恼怒地问憨郎:"盗印的到底是谁? 不然就开刀啦!"

憨郎准备一死,"嘿嘿"笑道:"这盗印人不是张三就是李四,杀就杀吧。"话音刚落,张三、李四"扑通"跪在地上,磕头求饶。真是巧了,原来盗印人正是他俩!

知县要对憨郎重赏,问道:"你想要什么?"

憨郎说:"俺啥也不要。"

二小姐打扮得如花似玉,往他跟前一站,说:"俺也不要吗?"

憨郎傻笑着点点头说:"要,要……"

(周国何　曹金涛　搜集整理)

憨态可掬

虽然只是一句笑话,智者从中得到教益,愚人始终认作儿戏。

五头驴子

　　一天,一个农夫在市场上买了四头驴子,他骑在其中的一头驴子上,高高兴兴地往家走。

　　因为他自己骑着驴子,所以总感到只有三头驴子跟在他后面。"我真不明白发生了什么事,"他自言自语地说,"我明明买了四头驴子,现在怎么只有三头了呢?"

　　到家了,他妻子在门口迎了上去,高兴地说:"你买了几头很壮的驴子,它们一定很便宜吧。"

　　"是的,"农夫说,"但是,有件事把我弄糊涂了。我今天早上在市场上明明买了四头驴子,而且我确信回家时有四头驴子跟着我一路走。然而现在好像少了一头,你瞧是不是?"他骑在驴子背上开始数起来:"一头、二头、三头。"

开始,他妻子吃惊地瞪着眼睛看着他,认为他在开玩笑,但看着丈夫那严肃认真的模样,她转过身去,嘲讽地说:"多么奇怪!你看到的是三头驴子,而我看到的却有五头!"

(马洪燕)

尽说混话

　　有一家人家,父亲和儿子、儿媳三口人过日子。

　　一年春天的一天,父亲和儿子运一大车谷草去集上卖。集在河东,大车过不了河,爷俩就把谷草卸了,一捆一捆搬过去。等到把谷草搬过对岸,日头已升得老高了。

　　这时,有个王八爬到河岸上来晒盖子。父亲见了就对儿子说:"快给我鞭子!"

　　儿子说:"鞭子给你,你也打不住,它比你还眼尖呢!"

　　父亲听了这话,气得直翻白眼。

　　爷俩来到集上,一车谷草只卖了四块钱。

　　父亲说:"我饿了,想吃点饭。"

　　"你吃去吧!我看车。"

　　父亲吃完饭回来,对儿子说,吃饭花了两块钱。

　　儿子喊起来:"呀,你这一顿饭吃了半车草!"

　　父亲听了,气得胡子直抖。

　　父亲回到家里,心里老大不痛快,就背了个粪筐出门,但没心思拾粪,赌气蹲在墙根揪胡子。

　　这时儿媳妇做好了饭,让丈夫去找父亲吃饭。儿子见父亲正蹲在墙根下在揪胡子,就说:"爹,吃饭去吧! 揪胡子能揪出粪来?"

　　父亲听了气得回到家里,饭也不吃就躺在床上不吭声了。

　　儿媳妇见了,问丈夫:"你对爹说了些啥呀?"

　　儿子说:"我出去见他蹲在墙根揪胡子,就说他:'你揪胡子能揪出粪来!'"

　　媳妇一听,骂道:"那是人说的话吗? 真正牲口种!"

　　儿子听媳妇骂他,揪住她就打。

　　对屋二大妈过来劝架说:"他嫂子身子不伶俐,别打她。"

　　儿子气冲冲地边打边说:"她就是怀着我爹,我也要打她!"

(齐晓秋　搜集整理)

昨晚烧了

约翰要外出好几天,怕有人找他,便嘱咐儿子:"如果有人来找我,你就说我有点小事出去了,千万请人家进来喝杯茶呀。"他怕傻儿子忘了,又写了张条子给他。

约翰的儿子将条子放进衣袖里,一天拿出来看好几次,眼巴巴地盼着有客来访。不想三天过去了,却没有一个人上门,傻儿子不耐烦了,拿出条子,付之一炬。

谁知第四天就来了个人,问道:"你父亲呢?"傻儿子赶紧掏衣袖,却没找到条子,慌忙答道:"没了。"

来访者吃惊地问道:"没了?什么时间没的?"

傻儿子懊丧地答道:"昨晚烧了。"

(王兰玉)

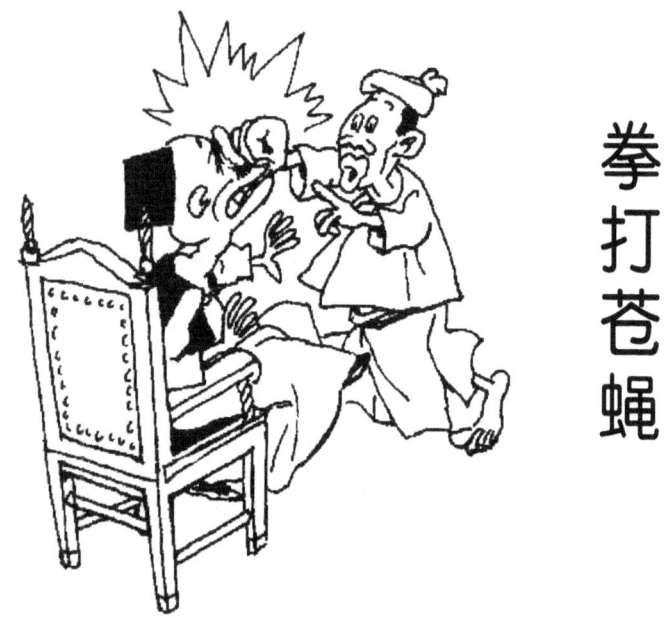

拳打苍蝇

　　从前有个傻瓜,叫阿基诺。有一天,他去森林里拾柴,到天黑时已拾了一大捆,便背着往回家的路上走。

　　他沿着小路慢慢地朝前走,看见月亮一会儿钻进云层里,一会儿又从云层里钻出来,觉得很有趣,不知不觉嘴里跟着念了起来:"藏起来啦! 出来啦!"

　　正巧,路旁树林里,有两个小偷正在分偷来的羊肉,听到喊声,以为是警察追来了,吓得扔下羊肉撒腿就跑。

　　阿基诺听到响声,跑过去一看,见地上躺着一只羊,便高兴地把它装进袋子里扛回家。

　　到了家门口,他使劲儿地敲门。他的母亲打开门,看到阿基诺这个样子,便问:"怎么这时候才回来? 袋子里装着什么呀?"

阿基诺笑嘻嘻地回答说:"是捡来的羊肉。妈妈,明天我要把这些羊肉卖掉,换点零用钱花花。"

他妈妈摇摇头,说:"孩子,明天你还是去拾柴吧,我去集上卖羊肉。"

第二天傍晚,阿基诺拾完柴,一回到家就嚷开了:"羊肉卖掉了吗?羊肉卖掉了吗?"

他妈妈心想:如果儿子知道羊肉卖掉了,肯定要讨钱,可他又不会花,于是随口撒了个谎:"卖给苍蝇啦,是赊给它们的。"

"赊的?那它们什么时候给钱呢?"

"它们什么时候有了钱,就什么时候给。"

阿基诺信以为真,于是就耐心地在家里等着苍蝇来付钱。可等呀等呀,一个星期过去了,仍不见苍蝇来还钱。这下,他可急坏了,忙跑到法官那儿去告状:"法官大人,我把羊肉赊给了苍蝇,可它们到现在还不肯付钱给我。请您给我做主!"

法官早就听说阿基诺是个傻瓜,现在听了他的话,感到十分好笑,就故意逗他说:"我宣判如下:见到苍蝇时,你有权打死它。"

就在这个时候,一只苍蝇飞过来,落在法官的鼻子上。阿基诺觉得机不可失,于是握紧拳头,一拳打过去,把苍蝇打成了肉酱。

法官痛得眼泪都流出来了,他一手捂着鼻子,一手指着阿基诺瓮声瓮气地骂起来:"混蛋!你怎么敢打……"

阿基诺连忙分辩:"法官大人,您说话要算数呀!您说过我有权打死它的呀!"

(杨 佳)

外甥是啥

　　从前,有一家人家,兄弟姐妹好几个,其中有个傻子,都快二十岁了,说话不管好说不好说乱说一气,让人哭笑不得。

　　有一天,他已出嫁的姐姐家来人报喜说他大姐生了个男孩,这可把傻子全家人给乐坏了。可是高兴之余,傻子妈却愁起来。为啥?原来傻子家很穷,平时衣不遮体,吃了上顿没下顿。这闺女添喜,去看就得送礼,去的人穿的也得像样点儿。傻子妈经过苦思苦想,终于想出一个主意,于是对正在闹着嚷着要去看姐姐的几个孩子说:"你们不要吵了。你们都去借衣服吧,谁借到衣服谁就去。"孩子们一听,便争先恐后地奔出家门去借衣服了。

　　没过多久,傻子借到了衣服,而其他人都空手而归。于是他妈便教了傻子一些礼貌用语,然后让他拎着一只鸡去他大姐家。

傻子到了他大姐家,一进门就看见他姐的婆婆在烧水。想起他妈说见到人要打招呼,便说:"俺姐姐她婆婆你好!"她姐姐的婆婆心想:哪有这样问候人的?于是她对傻子说:"哟,我说表侄,你来了,你说你叫我大娘或者叫我表婶都行,咋还叫个你姐姐她婆婆呢?"本来这话没什么,可傻子却把眼一瞪:"哼!你这熊样,还有两个名字?"她姐姐的婆婆讨了个没趣,只得自我解嘲道:"快去看看你姐吧,你小外甥长得真好。"傻子想:小外甥?真好?怪事,什么叫小外甥?但他又一想:管他什么外甥不外甥的,先去看姐。于是把手中的鸡往地上一丢,就往他姐姐的房间跑去。

傻子的大姐看见弟弟来看她,很高兴,便让他看看小孩。哪知这一看不要紧,傻子竟吓得朝他姐嚷开了:"姐,你咋还敢生小孩?你忘了那年在家里你生了个小孩,差点被咱爹给打死?"他姐一听傻眼了,生气地自言自语道:"亲娘,你叫谁来不好,偏偏叫这么个傻瓜来。"傻子一听这话不乐意了,他一拍胸脯,自以为是地说:"那可不中,咱娘说了,谁借得到衣服就让谁来。"这下可把他姐姐给气糊涂了。

这时,正好他姐的婆婆提着傻子送的鸡进来,说:"我说表侄啊,你说你来看看你姐,又不是到别人家里,干吗还那么客气,提只鸡来?"

傻子没好气地说:"你快别提这只鸡了,为了这只鸡,我娘还在家跟人家打架呢!"

原来,这只鸡是从人家那里偷来的。

(徐全英)

烧光为止

王村有个哑巴,三十岁才娶上媳妇,这媳妇二十八岁,是个天生的智能低下的傻子。

结婚第二天,哑巴像往常一样,一早起床就上山去砍柴了。

大约到了十点半钟光景,傻媳妇意识到该是做午饭的时候了。平时在娘家做饭,米都是母亲事先淘好交给她的,烧多少柴禾也是母亲事前从柴堆中划分出一堆,做上记号的。现在离开了母亲,哑巴丈夫又出了门,该煮多少米呢?她作了难。

傻媳妇想:煮少了吃不饱,煮多了,今天吃不了,可以留着明天吃,看来还是煮多些好。这么一想,她便将米缸里十几斤大米一股脑儿全倒进了那只大铁锅里,再舀满水,就坐在炉膛口升起了火。

　　农村里烧的是柴禾,柴干火旺,一会工夫就煮沸了,又过了一会,锅里渐渐透出了焦味。

　　照理这时该熄火了,可傻媳妇看看身后还留着一大堆的柴禾,心里想:以前在娘家,母亲给我多少柴禾烧多少柴禾,既然眼前这柴禾是丈夫临出门前备下,又没做上记号,一定是叫我烧光为止吧。于是继续大把大把地朝炉膛里添柴禾,直烧得火舌"呼呼"乱窜,锅里的焦味越来越浓……

　　等到柴堆里的柴禾快要烧完时,哑巴丈夫砍柴回来了。哑巴丈夫一进门,就被浓烈刺鼻的焦味呛得直咳嗽,他连忙放下手中的柴刀,冲上去揭开锅盖一看,傻了眼:那满满一大锅白米饭全变成了黑乎乎的焦块,那口新铁锅像西瓜被刀切开似的裂成了八瓣。

　　哑巴丈夫气得"叽里呱啦"直叫骂,伸手要去打傻媳妇。傻媳妇也不知躲避,还傻乎乎地忙着将最后一把柴禾往炉膛里塞哩。

(张苗中)

敲鼓吃菜

　　有个人有点儿缺心眼儿，平时还好点儿，一吃饭就露馅，不管旁边有多少人，他也是抡开腮帮子、甩开大槽牙一阵猛撮。就为这个，媳妇不敢带他回娘家，因为丢不起人呀！可媳妇一走，他一个人挺寂寞，就总缠着媳妇要去看老丈人和老丈母娘。媳妇没辙了，就答应带他去一次。

　　走在路上，媳妇一再叮嘱他，见了人要有礼貌，吃饭时不要总那么没出息，他连连点头。媳妇又从包袱里拿出一面小鼓，说："你吃饭时，我在窗户外边看着，我敲一下鼓你就吃一口，明白了吗？""明白……"他大大咧咧地回答，心说：这有什么难的呀？

　　到了媳妇的娘家，他见了老丈人、老丈母娘，问了好，又磕了头,两位老人见女婿这么懂事,都挺高兴,就留他们小两口吃饭。

吃饭时,他留心听着媳妇的信号,媳妇站在窗户外头,从一个小洞洞里看着屋里,她觉得丈夫该吃了,就用一根骨头敲一下小鼓。他还真听话,一口也不多吃。老丈人和老丈母娘互相看一眼,意思是说:女婿真长出息了。

可这时,媳妇忽然要上厕所,就把小鼓和骨头放在窗台上,转身走了。这会儿来了一只鸡,看着骨头挺有意思,就用嘴来啄,骨头有点儿大,刚啄起来就掉了,正好掉在鼓上,"咚"的一声,他在屋里听见了,赶紧吃一口菜。

那鸡呢,一口没啄起来又来第二口,"咚"的又是一声,他赶紧又吃一口。鸡一看还不行,又来第三口……它啄的速度越来越快,他吃的速度也就越来越快,自己跟前的菜吃光了,又把老丈人、老丈母娘跟前的菜也端过来一阵猛吃。

老丈人奇怪了,看着他对老丈母娘说:"刚才这孩子还那么有规矩,这会儿怎么啦?"

他一听,抬起头来说:"怨我呀? 这还跟不上你闺女的鼓点呢!"

(崔　陟)

鸡刨豆腐

从前,有个叫王五的人,娶了个媳妇。媳妇长得眉是眉、眼是眼,白白嫩嫩,水灵灵的,什么都好,可惜就是缺心眼儿,没少闹出点笑话儿。

一天,王五的朋友李三邀他到他家去吃饭,吃到天很晚才回来。傻媳妇见丈夫回来,忙凑上去问:"李三今天请你吃的啥饭菜?"丈夫一边脱衣服,一边打着哈欠说:"吃的是'鸡刨豆腐'、'鱼驮面'。"傻媳妇刚想问啥是"鸡刨豆腐"、"鱼驮面",王五却已经钻进被窝,打起了呼噜。

常言道:来而不往非礼也。不几天,王五回请李三。待王五将李三让进客厅后,傻媳妇忙拉着丈夫出了客厅,小声说:"咱今天也请李三吃'鸡刨豆腐'、'鱼驮面'咋样?"王五见媳妇对两样菜这么感兴趣,忙问:"你可知道这菜的做法?""知道。你就等着吃饭吧!"傻媳妇边说边挽挽袖子边朝厨房走去,王五见媳妇这么有信心,便回客厅陪李三说话去了。

转眼到了该吃饭的时候,也不见媳妇将饭菜端来,王五不好意思地请李三稍等,自己往厨房走去。

推开厨房门一看,只见傻媳妇将一块足有四五斤重的豆腐放在地上,让家中的老母鸡在上面来回乱刨,雪白的豆腐已被老母鸡刨得面目全非。又见傻媳妇满身满脸白面,正满头大汗地拿着一块白面向一条红鲤鱼背上糊呢。傻媳妇见王五来了,像见了救星似的忙将鱼和面递到他面前,委屈地说:"你说'鸡刨豆腐'、'鱼驮面'好吃,我照样做了。'鸡刨豆腐'还好做,可这鱼背太窄,咋也驮不住面,还是你个自做吧!"

王五哭笑不得,气得扬手给了傻媳妇一记耳光,疼得傻媳妇"哇"的一声大哭起来。

李三听到哭声赶来问明情由后,笑得前俯后仰。笑过后,才一字一句地说:"嫂子,适才王兄所言'鸡刨豆腐',就是鸡蛋炒豆腐。而'鱼驮面',就是以面糊鱼,再用油炸成的酥鱼呀!"

(冯文领)

打你儿子

　　有一天，爷爷交给孙子两只碗和两个铜板，让他去买一碗酱油、一碗醋。孙子拿了铜板和碗就走。

　　可他刚走出门口，又急忙转身问："爷爷，哪个铜板买酱油，哪个铜板买醋?"

　　爷爷不耐烦地说："随便哪个都行。"

　　孙子应了一声就走。

　　可走了不远又回来问："爷爷，哪只碗盛酱油，哪只碗盛醋?"

　　爷爷生气地说："你这傻蛋，随便哪只碗盛都行。"

　　孙子应了一声，拔腿就跑。跑到小店门口，忽然又折身往回跑，见到爷爷又问："我该哪只手拿酱油，哪只手拿醋?"

　　这时，爷爷气极了，大声骂道："天下哪有像你这样的笨蛋!"

他边骂边夺下孙子手中的碗和铜板,拿起鸡毛掸子向孙子身上打去。

正在这时,儿子从门外进来,看见父亲在打他的儿子,二话没说,剥光自己的上衣,紧握两只拳头,在自己身上"咚咚咚"乱打起来。

父亲一见,感到莫名其妙,问道:"你在干什么?"

儿子说:"你能打我的儿子,难道我就不能打你的儿子吗?"

(刘宝峰　推荐)

盐多好吃

　　从前,有个傻子到朋友家做客,主人做菜忘了放盐,傻子吃了觉得菜淡而无味,很不高兴。主人看出后,急忙给菜加了些盐。傻子一尝味道很美,便大口大口地吃起来。他边吃边想:加一点盐就这么好吃,要是多加一些盐,岂不更好吃?

　　回家后,正好遇上妻子在炒菜,他就赶紧去给菜加盐。妻子看他加了一把又一把,急得一把拦住说:"盐加多了不能吃!"傻子一把推开妻子:"你懂个屁!这是我刚从朋友那里学来的,盐加得越多越好吃。"说罢,一连又加了四五把盐。心想,这回可该好吃了。谁知一尝,呀!又苦又涩。但他没有责怪自己加盐过多,却转身大骂妻子不该买这又苦又涩的盐。

(戴金瑛　搜集)

喝聪明水

　　一家表兄妹结婚,生下了两个男孩。这兄弟俩都是又笨又傻的"二百五"。

　　兄弟俩长大了,就学着人家出去找工挣钱。

　　这天,他们帮人家拉柴,得了三吊钱,兄弟俩十分高兴,就在路边的树下分起钱来。

　　可这一分钱就分出了麻烦:如果哥哥得两吊,弟弟就只有一吊;反之也一样。他们两人谁也不愿少拿!可若一人一吊吧,又多了一吊。

　　这怎么办呢? 他们在路边分来分去,一直分到日落西山,也没分清。

　　这时有一个过路人感到好奇,就去探问,兄弟俩便把他们遇到的难题讲了一遍。

过路人一听就明白他俩都是"二百五",于是说:"这好办,我来帮你们分——你一吊,他一吊,我一吊,这不得了?"

兄弟俩顿时高兴得直拍手,叫道:"真神了,我们俩分了一下午都没分清,你一下就分得明明白白,你真聪明。你是怎么这么聪明的?"

过路人说:"我喝了聪明水。"

"哪里有聪明水? 能不能卖点给我们喝? 我们把这两吊钱都送给你。"

过路人说:"好吧,就在那里。"

他随便指了一下旁边的一口水塘,说,"不过这聪明水不是我的,是王村财主家的,你们只能偷偷地去喝,有人来了,得赶快跑。"

兄弟俩把两吊钱送给过路人,又千恩万谢一番后,像贼一样溜到小塘边,双手捧了塘里的水,大口喝起来。

有一个老人看见他俩在喝脏兮兮的塘水,就喊道:"喂,那水不能喝。"

兄弟俩听有人喊叫水不能喝,以为"聪明水"的主人发现了他们在偷水,吓得转身就跑。

兄弟俩一口气跑了四五里,回头见没人追,便停了下来。

哥哥说:"我们喝了聪明水,不知变聪明没有? 你说句话来听听。"

弟弟说:"哥,要是咱娘生下我们鼻孔朝上开,刚才喝聪明水时非得把我们呛死不可。"

哥哥听了惊讶万分:"你果然变聪明了许多!"

弟弟说:"哥,你也说句听听。"

哥哥说:"要是咱娘生我们脚趾长在后面而脚跟长在前头,我们今天肯定要被人家抓住了。"

弟弟一听也惊讶道:"哥,你也变聪明了!"

于是,兄弟俩说说笑笑往家中走去。

（曹玉梓）

买个你老

  有个傻姑爷要给老丈人去拜寿,拜寿就得送礼。他觉得贵了买不起,贱了又拿不出手。咋办呢? 他决定到街上去转转,也许能买到合适的礼物。

  傻姑爷在街里遛了半天,没遇见合适的东西,这时他见前面围了一帮人,就走了过去,分开人群一看,是卖乌龟的。

  傻姑爷不认识乌龟,只觉得这东西挺好玩的,心说:就买这个活礼物吧。于是上前打听道:"这位大哥,你卖的这是啥玩意儿? 多少钱一个?"

  卖龟人回答说:"这东西叫'你老',十文钱一个。"

  乌龟怎么叫你老呢? 原来一般卖龟的不说卖龟。如果顾客问:"你这龟多少钱一个?"岂不无形中自己挨了骂? 所以卖龟的给龟起了个名字,叫"你老",谁问"你老多少钱",就无意中占了个便宜。

傻姑爷从腰里掏出十文钱,说:"我买个你老!"

卖龟人接过十文钱揣进兜里,拿过一根小枝条,一碰龟头,龟一张嘴,卖龟人将枝条往龟嘴里一捅,龟死死咬住枝条不松口。卖龟人说:"你提着枝条就行了。"傻姑爷觉得挺有趣,接过枝条,拎着龟走了。

走到一条大河边,傻姑爷想:你老身上太脏了,放到河里涮涮泥,拿着也干净。可他哪里料到,龟一见水,就顺水逃之夭夭了。傻姑爷心疼得直跺脚,后悔得直拍大腿,没奈何,只得空着手去见老丈人了。

到了老丈人家,老丈人问:"姑爷,今天来祝寿,拿点啥礼物啊?"

傻姑爷说:"拿着你老瞧你老,你老见水顺河跑。"

老丈人说:"姑爷,你比划比划,你老什么样子?"

傻姑爷拿过来一个盘子和几把汤匙,摆了个龟的形状,然后边画边说:"这是你老的脑袋,这是你老的爪子,这是你老的盖子,你老就这样。"

老丈人一看,气得"哇哇"大叫:"你骂我是王八啊?"

（孙喜臣　搜集整理）

一　人　一　碗

　　有个大户人家,给二儿子娶了个媳妇,这二媳妇长得大眼生生,白白净净,就是笨得邪乎,不识数。婆婆考她几次,问她咱家有多少口人,她总是摇头回答说:"我数不过来。"

　　一天,婆婆让她去煮饭,嘱咐说:"二媳妇,以后做饭按每人一碗米的量下锅,这顿饭保准不多不少。"

　　二媳妇听了点点头,可她做好的饭,却缺一个人的量,原来是她量米时把自己那碗忘了。

　　过了几天,又轮到二儿媳做饭,婆婆说:"二媳妇,如今咱家多了你一张嘴,再做饭别忘了放你那碗。"

　　二媳妇又点点头,可谁知饭做好,两顿也吃不了。

　　婆婆纳闷了:二媳妇咋拿的米?

下回再轮到二媳妇做饭时,婆婆悄悄跟在她后面。

只见二媳妇量米时一边量一边数:"公公一碗,我一碗;婆婆一碗,我一碗;大伯子一碗,我一碗;嫂子一碗,我一碗;丈夫一碗,我一碗;小叔子一碗,我一碗;小姑子一碗,我一碗;我自己还一碗。"

婆婆见了,差点把鼻子气歪。

(李万盛　搜集整理)

杀牛取奶

　　柳林通车后，山村慢慢变富了。山村有对小夫妻，丈夫叫侯勤，没文化，人傻乎乎的，啥生意也不会做，只得守着几亩薄地过日子。他妻子叫黎花，是个聪明能干人，自打她养了头奶牛后，小日子开始好了起来。

　　这天上午，黎花的娘家捎来口信，说黎花的母亲病重住院，让她回去照顾几天。黎花思母心切，给侯勤留了张纸条，就匆匆回娘家了。

　　妻子一走，这挤奶的活就得侯勤干了。可他没挤过牛奶，忙了一早晨，挤得奶牛"哞哞"大叫，却没挤出多少牛奶来。收购牛奶的贩子见黎花不在，故意压低价格，侯勤觉得不合算，干脆不卖了。心想：只要别人不来偷，牛奶装在牛肚里，早晚是自己的，待黎花回来再挤了卖也不迟。

　　谁知黎花一走就是十多天,待她回来,怎么挤也挤不出牛奶了。黎花问明情况后,气得和侯勤狠狠地吵了一架。

　　侯勤怎么想也想不通:这牛奶明明装在牛肚子里,咋会没了呢? 他决定把牛杀了,把牛奶倒出来,让黎花瞧瞧,看谁有理儿。于是,他将奶牛杀了。可是剖开肚子,除了内脏外,哪有什么牛奶。

　　侯勤傻眼了,呆呆站着,好久好久才回过神来。骂道:"狗日的,一定是邻居胡胖子偷吃了我的牛奶,不然他咋长得那么肥头大耳?"于是,他骂骂咧咧地去找胡胖子。

　　胡胖子见侯勤手提一把带血的刀,一脸杀气地走来,心想:侯勤这傻家伙,今个儿又是哪根神经出了毛病,咋会这样子? 咱惹不起,躲总躲得起吧? 于是,他拔腿就跑。他这一跑更让侯勤怀疑,就撒开双腿,穷追不舍。胡胖子跑得气喘吁吁,又不敢停下来和侯勤讲理,唯一解救的办法就是朝派出所里逃。他使出浑身力气,左躲右闪,好不容易才跑进乡派出所的大门,一进门,就瘫倒在地上动弹不得。

　　正在办公值班的小王见突然闯进个人来,吓了一跳,再抬眼望时,见后面还有一个人提着刀朝这边追来。他想:反了天,光天化日之下竟敢持刀杀人杀到派出所里来了? 他赶紧迎了上去。

　　侯勤见小王是派出所的人,立马止住脚步,丢下手中的刀,"咚"跪在地上,求派出所里的人帮忙伸张正义。

　　小王询问了情况,在弄清事实真相之后,报县局同意,依照法律对侯勤作出了罚款和拘留的处罚。开始侯勤直喊冤枉,经过耐心解释和说服教育,总算才明白过来,追悔不及。

　　　　　　　　　　　　　　　　　　　　(张省如)

卖药送妻

早先，兴隆镇有个叫李四的人，呆头呆脑的，靠祖上留下的一份家产，日子过得倒也可以。后来他听人家说"开饭铺一个赚仨，开药铺一个赚八"，他动心了，决定变卖田产开药铺。

李四卖掉田地房产，凑了几百两银子，雇了两个伙计，租了两间门面，在镇上十字街口开了一爿中药铺。

药铺刚开张，就有个顾客来买白芨。李四既不识字，又不懂行，误认为人家要买"白鸡"。只好跑进后院，把自家养的一只白公鸡捉住，送给了人家。

过了一会，又有人来，要买两百钱的大贝。李四把药铺上下翻了个遍，也没找到，心想：人家莫不是来买"大被"的吧？于是，跑进住室，把床上那条新里新面的大被子抱出来，交给了人家。

那人接过被子一看,心里说:嘿,两百钱买一条新棉被?值!于是就笑嘻嘻地抱着被子走了。

接着,第三个买药的进门了:"掌柜的,给我三百钱的附子!"

李四一听吓一跳:天哪!这"附子"是什么药呀?一定是指"夫人"和"儿子"吧!唉,刚开张得守信用呀!既然人家要买,就给人家吧!于是,他含悲忍泪,让妻子抱着独生儿子跟买药人走了。

李四骨肉分离,正暗自悲伤时,又来了个买药的,一进门就喊:"掌柜的,快给我点砂仁儿,等着配药用!"

李四一听吓得直打冷战:老天爷呀!我这里只有两个伙计,他却要"仨人儿",这可怎么办呢?没奈何,我也跟他走一遭吧!于是,他急忙吩咐两个伙计,收拾好行李,准备跟买药人走。

两个伙计不愿意,和李四吵了起来。

药铺门前有个姓陈的皮匠在摆摊儿,听见吵闹声进来询问因由。两个伙计细说了一遍,陈皮匠吓得赶紧退出来收拾摊子,准备离开。

一个伙计忍不住问他:"陈师傅,你慌啥呀?"

陈皮匠说:"我得赶快挪个地方!"

"那为啥?"

"为啥?若是再有人来买'陈皮',你们掌柜还不把我也卖给人家?"说着,挑起担子一溜烟走了。

(王 丽)

摔罐砸缸

　　从前,有个贩卖瓦罐的叫王二愣。有一天,他和一个叫张大成的小贩一道去卖瓦罐,两人在半路上歇脚时,张大成打了个喷嚏,自言自语地说:"老婆又在念我哩。"

　　王二愣问:"你咋会知道?"

　　张大成说:"出门人只要打喷嚏,就是亲人在念哩。"

　　王二愣心想:我和老婆感情也怪好的,她为啥不念我哩? 这么一想,心里很不高兴。回到家里,一进门就责问他老婆:"我出门辛辛苦苦做生意,你为啥不念我一声哩?"

　　他老婆说:"你每次出门我都在念你呀!"

　　王二愣说:"骗鬼! 你念我,我咋没打喷嚏呢?"

　　他老婆说:"你下次出门,我多念念你就是了。"

晚上,他老婆偷偷地在他的袖头儿上抹了一些辣椒水。

第二天,王大愣又出外卖瓦罐了。他来到一条小河边,过桥时,鼻涕流了出来,他忙用袖头儿去擦。鼻子一遇辣子就发痒,一痒就打喷嚏,他一连打了几个喷嚏,打得身子一颤,把扁担系儿给抖断了,一担瓦罐儿全掉到河里。王二愣气得破口大骂:"娘的,不念就不念,一念就接二连三地念!早也不念,晚也不念,偏偏在老子过桥时念!"

他垂头丧气地回到家里,冲着老婆好一顿埋怨。他老婆委屈地说:"你这人真难伺候!不念你不是,念你也不是。以后再不念叨你了,出了岔子不要再来埋怨我!"

王二愣瓦罐没贩成,又去窑场买了两口大瓦缸,挑到集上去卖。当他挑了缸来到一道岗岭,正向岗顶攀登时,身后的扁担系儿忽然断了,那口瓦缸顺着坡"咕咕噜噜"滚了下去。他放下前边的缸,回头看时,那口缸早已滚得不见了影子。他气昏了,心想:那口缸肯定摔成碎片了,剩下这口缸可怎么挑呢?一气之下,举起扁担"噼里啪啦"一顿砸,那口好缸立刻被砸成八瓣。

王二愣没精打采往回走。到了岗下,只见那口滚下来的缸竟完好无损地躺在路边草丛中!他后悔不该打破上边那口缸。可剩下这口缸也没法子挑哇,他越想越悔,越悔越气,抢起扁担,又"噼里啪啦"把这口缸砸了个粉身碎骨。

他怒气不息地回到家里,老婆见他一脸霉气的样子,迎上前问道:"你咋回来这么快?缸都卖了?"

"卖个屁!全破了。"

"哎呀!这回我可没念叨你一句,出这岔子可别怨我呀。"

王二愣没好气地说:"都怨你这女人嘴不吉利,没出门就说败兴话,害得我一连砸破两口缸!"

(曹宗鑫)

和面砌墙

　　有一家人家，老两口加上一个闺女，三个人过日子。可这三个人一个比一个笨。老头外号"老笨虫"，老婆外号"老窝囊"，闺女外号"混姑娘"。

　　这天前晌，老笨虫忙着给猪圈砌墙，老窝囊在院里忙着套被子，让混姑娘和面做午饭。

　　混姑娘挖了半盆面，添了两碗水，就和了起来。谁知和了半天也和不拢，急得隔着窗户喊她娘："娘！娘！面太散，和不成块，咋个办哩？"

　　老窝囊指点她说："真不懂事！面散是水太少，添点水再和。"

　　混姑娘"呼啦、呼啦"添了两碗水，又和起来。不料水添得太多,和成了面糊糊。混姑娘又喊了起来:"娘!娘!和稀了,咋个办?"

老窝囊不耐烦地说:"稀了再添点面嘛!"

于是混姑娘又加了两瓢面。谁知面又多了,就又加水。就这样,添面加水,不一会盆子堆满了面,再也和不成了。混姑娘只得再向她娘求援:"娘!娘!盆子盛不下了,咋个办哪?"

这时老窝囊因不知怎么把自己缝在被套里出不来,正着急哩,听到闺女的喊声,就怒气冲冲地骂道:"你真是个笨瓜!一二十岁的大姑娘,连面都和不好!"

正在砌墙的老笨虫忍不住插嘴道:"老婆子,你去教教她不就得了!"

老窝囊嘟噜着说:"说得倒容易!我不是钻在被套里出不来了么!"

老笨虫一听这话,气得唉声叹气道:"唉,娘儿俩一对儿笨蛋!我要不是把自己砌到了墙缝里,动不得身子,非出来狠狠打你们一顿不可!"

(曹宗鑫)

强盗苦恼

在日本的某个城市,有一伙强盗,这天聚在一起商议下一步行动计划。头儿见大伙一个个耷拉着脑袋不吭气,便说:"都给我把头抬起来!别他妈的几次出师不利就垂头丧气!告诉大家,我经过反复考虑,决定痛痛快快地干一桩震惊社会的大买卖!"

喽啰们听头儿这一说,精神大振,一个个抬起头来问道:"大哥,你快说,怎么干?"

头儿说:"干咱们这一行,通常是在夜间行动,现在我们要反其道而行之,白天出击,要在光天化日之下,大模大样地去抢一次银行!"

喽啰们一听,顿时大眼瞪小眼的全愣了,心想:头儿今天喝醉啦,怎么睁着眼睛说梦话? 有的说:"别开玩笑了,这能行吗? 弄不好银行大门进不去,倒进了监狱哟……"

头儿一拍桌子:"蠢货! 一个个都是猪脑髓! 都给我回去动动脑筋,今天晚上再集中商议,明天准备,后天行动!"

就这样,在头儿的鼓动下,第三天的午后,强盗们行动了。他们假装组成一个电视摄制组,有导演,有摄像,有灯光,有演员,还有其他工作人员,煞有介事地乘一辆面包车,来到一家银行门口。

大伙下了车,正要往里闯,上来两个警察,问他们是干什么的。那个装扮成导演的强盗头儿早有准备,连忙递上电视剧本,说:"我们是电视摄制组,拍的就是这个本子,今天到这里拍一场强盗抢劫银行的戏,请多关照。"

警察说:"噢,是这样,那就请吧。"

就这样,强盗们顺利地进入了营业大厅,还没等摆好阵势,几个装扮成强盗模样的强盗便掏出枪来,大声喊道:"先生们、女士们,我们是真正的强盗! 赶快把钱都交出来,谁敢乱动,我们就打死谁!"

这一喊,可把所有在场的银行职员惊得目瞪口呆。

哪里想到,就在这节骨眼上,一个门卫笑嘻嘻地走上前来,大声说:"诸位,请别过分紧张,这是拍电视,是演戏! 唉,我们的上司真有意思,这样大的事也不事先通知一下,好让大家有所准备。"

他这么一说,场上紧张的空气急转直下,顿时显得轻松活跃起来。

一位年轻的顾客挤上前来说:"我是作家,曾经写过许多电视剧。我觉得你们刚才说的台词有几句不太准确,比如开头那句'先生们、女士们',这简直像在发表演说,没一点强盗味。还有,'我们是真正的强盗',这种说法不妥,你们本来就是强盗么,说这种话不是脱裤子放屁——多此一举吗！不知这个本子是谁写的？下次我来帮你们写。"他说完，还拿出名片来分发。

这一来，气氛大变，银行的职员们一个个浑身肌肉放松，"呼啦啦"离开了自己的位置，拥到装有铁栅栏的柜台边，这个说："哎，你们拍摄的电视叫什么？一定很紧张吧?"那个说："哎，是不是还有格斗场面？告诉你，我学过武术，可以跟你们对打。"还有一个女职员说："我从小就向往做电视演员，可一直实现不了，请你们的镜头在我面前多停一会儿，最好来个特写，啊，我得化妆一下。"还有个年轻的女职员更有趣，递来一个小本子，要强盗们签名留念……

面对这乱哄哄的场面，强盗们一时也傻了眼。有个强盗不耐烦了，扯开嗓门叫道："够了，够了！这不是演戏，都给我老实点!"说着，举起枪，扣动扳机，只听"砰砰"两声，天花板上那盏老大的照明灯被打得粉碎。

可这并没有把人们镇住，大伙都仰起头来看那盏灯，议论纷纷："嗬，真够劲！简直跟真的一样。""那电灯里一定事先装了火药，要是不知道是拍电视的话，还真给吓趴下呢!"

就在这时，银行的经理出现了。他首先喝令职员们都回到自己的岗位上去，然后对强盗们说："先生们，你们要借用我这场地拍电视我同意，要职员们配合也可以，但我有个要求，拍上几个枪击玻璃的镜头，我们的钢化玻璃是防弹的，那也算侧面为我们做了广告。如果这点要求达不到，那就得请你们付酬金。"

一个男职员说："对，你们得让我死一次——为保护银行的利益，不屈服强盗的威胁而死！没有这样的镜头，我们就不予配合!"

强盗们火了，那个头儿想，这事不能再拖下去了，得速战速决。于是跳到沙发上说："都给我住嘴！告诉你们，我们确实是强盗，快把钱都给我拿出来！不然，我们就不客气啦!"

可职员们却一个个冲着他咧开嘴笑,有的还做鬼脸。

更使强盗们意想不到的是,这时从门外进来了一大群警察,把强盗们吓得一个个脸上变了颜色。其中一个警察来到强盗头儿跟前,说:"导演先生,得知你们在这里拍电视,我们特来帮助维持秩序。另外,我们要求增加警察捉拿强盗的场面。这警察就由我们来扮演,保证演好,而且不要报酬。导演先生,你的电视剧如果只有强盗抢银行,而没有警察抓强盗,那是非常片面的。"

事情闹到这样的地步,是强盗们万万没有想到的。头儿知道,这戏再演下去会出事,得紧急刹车。于是他大声说:"好,暂停拍摄,回去修改脚本,改日再来重拍。"

就这样,强盗们撤出了现场,一个个牢骚满腹,晚上聚在一起,又都耷拉着脑袋,陷入了深深的苦恼之中。头儿一拍桌子说:"他娘的,真想不到会是这样的结局……"

(代国强 改写)

敲锣助产

　　从前有个老中医,医术高明,医德又好,求医者很多,老先生为救死扶伤日夜奔忙,累得喘不过气来。他那傻儿子见了,对他说:"爹呀,求医的人越来越多,你的年纪也越来越大,一个人忙不过来呀。你教教我吧,也好给你当个帮手。"

　　老先生瞪了儿子一眼,说:"别说傻话,行医治病,人命关天!你是学医的料?"说罢,忙着跨上毛驴,颠儿颠儿地到外村给人看病去了。

　　老先生不让儿子学医,是怕傻儿子败坏自己的名声。说到他的儿子,其实并不傻,只是生来一副傻里傻气的样子,说话做事有点特别,人们就把他当傻瓜看待,连他亲爹也说他傻。他很不服气,决心干出个样子给大家看看,从此就留心起医道来。他不识字,看不懂医书,就暗暗观察父亲怎样诊病,如何下药,揣摸药理,寻找诀窍。

这天一大早,老先生又出诊去了。不一会,有个人赶着马车跑来,说他妻子难产,请先生火速去接生,他听说先生不在家,急得直掉眼泪。

傻儿子说:"莫慌,莫慌,我爹不在家,还有我哩。"

来人问:"你会看病? 这可是难产,关系着两条人命啊!"

傻儿子把胸脯一拍,说:"甭怕,这病我见得多了,包治!"

来人将信将疑地把傻儿子接回家里。此刻,产妇正在哭天嚎地地叫喊,下身血流不止,傻儿子见情况危急,想了想,对主人说:"你赶快去借面铜锣回来!"

主人觉得奇怪:治难产要铜锣干啥? 可这是先生吩咐的,只得照办。铜锣很快借来了,傻儿子接过来,往产房门口一站,"栖栖栖"猛敲起来。

产妇突然听到这震耳欲聋的锣声,心中一惊,浑身痉挛,子宫猛一收缩,硬是把胎儿给逼了出来。母子平安,全家真是欢喜不尽。

主人千恩万谢后,又用马车把傻儿子送到家里。

晚上,老先生回来了,傻儿子得意洋洋地对他说:"爹,今天有人请我看病!"

老先生一愣:"你去了吗?""当然去了,我还……"

不等他说完,老先生顺手给他一记耳光,骂道:"胡闹!"

傻儿子委屈得不得了:"我给人家治好了病,你干吗还打我?"

"你这是瞎猫逮个死老鼠——冒碰的。以后再乱来,打断你的腿!"

傻儿子挨了打,再不敢为人看病了。过了一段时间,有一天,老先生又出诊去了,巧的是,他前脚刚走,后脚就又有人来请。傻儿子对来人说:"我爹不在家,你留下地址先回去,明天他一准去。"

来人焦急地说:"不行啊,我爹得的是急性腹泻症,吃一口拉一口,啥法儿都治不好,眼看就不行了,哪能再耽误呀!"

傻儿子问清了病情,抓抓后脑勺说:"这个病我倒是能治,可我爹不叫我行医。"

来人一听这话忙恳求道:"小先生务必走一趟,治好病我一定登门谢医,给你挂匾,到那时老先生一定会高兴的。"

傻儿子说:"好吧。我也不用去了,给你说个单方儿吧。回去找个玉米芯子,烧成灰冲茶一喝,腹泻立止。"

来人将信将疑,带着方子回家。哪知这方儿还真灵,一用病人腹泻就好了。一家人欢天喜地,第二天就敲锣打鼓来给小先生挂匾谢医。

这时老先生正好在家坐诊,见这阵势还以为是来感谢自己的,忙热情地把他们迎进屋里。不料一看大红匾额上的字,他竟愣住了——上面写的是"妙手回春,后生可畏"八个字。听人家把来龙去脉一说,老先生气得直打哆嗦。等客人走后,他马上取下匾摔了个粉碎,指着傻儿子骂道:"你这个奴才,硬要把你爹气死!"

老头子急火攻心,一下子病倒了。什么病?结症,一连几天拉不下屎,吃不下饭,躺在床上直哼哼。俗话说:"医不自治。"老先生吃了好几副泻药都不见效,只得吩咐傻儿子去请城里的名医来治。

傻儿子说:"爹呀,你这病我就能治,何必求别人呢?"说毕,不由分说硬把老先生从床上拖下来,拉上就往外跑。出了村,面前是一段上坡路,老先生停下脚步,喘着气问:"傻小子,你把老子弄这儿干啥?"

傻儿子说:"你只要一口气跑到岗顶上,病就会好。"

"胡扯！你是想把老子摆治死呀？"

傻儿子也不答话,用头顶住老头子的后腰,使劲把他往岗顶上推。两人越跑越快,老先生累得浑身冒汗,气都喘不过来,这么一折腾,满肚子翻花搅浪,连放几个响屁,粪道通畅了,还没来得及跑进庄稼地就拉了一裤裆。

老先生病好了,却好得莫名其妙。回到家里,他又喜又忧,哭笑不得,就问傻儿子:"小子,你第一次出诊,敲铜锣治难产,这一招是咋想出来的？"

傻儿子得意地回答:"这道理很简单。小孩子们最爱看猴儿戏了,胎儿在娘肚里听见锣响,就会认为是耍猴的来了,能不挤着往外跑？"

老先生一听,眉头不由一皱——这不是瞎掰么！忍住气接着问:"那你第二次用玉米芯儿治腹泻,又是咋想的？"

傻儿子嘻嘻一笑,说:"我看人们常用玉米芯儿当瓶塞儿,心想油瓶、醋瓶它都能够堵住,一定也能把人那肛门堵住。"

"那你上坡治结症又有什么道理？"

"你没看那些拉车的骡马畜生,一到上坡时不是又屙又尿吗？"

"好哇,你把老子当成畜生了！"老先生又好气又好笑,心想:儿子虽说医术有些荒唐,但仔细想想也有他的道理,说不定还真是一块学医的料子哩！从此,他悉心教儿子学起医道来。

后来,傻儿子真的成了一代名医,比他爹的名气还大,人们都称他"傻先儿"。这傻先儿傻得可爱,常常别出心裁用怪招治怪病,留下许多趣谈。

(曹宗鑫)

卖柴偷裤

　　清朝时,有个叫张三的人,人很老实,说话办事有点儿傻乎乎的,因此,三十有五了,还没娶老婆。

　　这年六七月间,老天爷一连下了二十多天雨,弄得城里居民没柴烧,有时候来个卖柴的,都抢着买。

　　这天,天刚晴,鸡叫头遍张三就起床了,担着一担干芝麻秆儿,趁早往城里赶,想卖个好价钱。他担着柴禾,路很滑,天又闷热,一气走了十来里,累得浑身都是汗,就放下担子歇一歇。他见新换的衣裤被汗淋得直冒水,很心痛,见天还没亮,路上也没人,就脱下衣裤,用手拧拧干,搭在芝麻秆上晾着,打算到县城根边再穿上。

　　他光着身子,担着柴禾往前赶,一口气跑了七八里,知道离城不远了,就放下担子去穿衣裤。哪知一看,他傻了。搭在芝麻秆上的衣裤不见了。天哪!这前不挨村、后不临店,光着屁股咋见人哪!

就在他急得上火的时候,那边有人喊起来:"你是卖柴禾的吗?我买了,可别卖给人家啦!"

张三一听是个女人,就更急了。情急之中,他见路边有个池塘,便"扑通"一声跳进水里,对那女人说:"你停下,不要到跟前,我在洗澡。"

那女人说:"瞧你说的,我又不是大姑娘,怕啥?你洗你的澡,我来看柴禾,咱俩各干各的事,两不误。"说着,来到跟前,前前后后,左左右右,把柴禾摸了一遍,满意得直点头。

于是一个在岸上,一个在水里,三言两语,说好了价钱。

张三催那女人先走,他随后送柴到门口。他见女人走了,就爬上来担起柴禾,想趁天没亮赶到城里亲戚家,借条裤子穿了再送柴到女人家。哪料那女人走走停停、停停走走,不敢远离张三,怕人家抢买跑,弄得张三只能跟在她后边慢慢走,好不容易进了城门。张三想拐弯找亲戚借裤子,可那女人上前拽住了芝麻秆儿,硬朝她家门口拉。张三没法子,只好跟着走。

到了那女人门前停下,那女人还不放心,又围着芝麻秆儿转圈看看摸摸。这可坑苦了张三,像小孩"藏猫"一样,跟那女人围着柴禾捆子转,边转边想:眼看天亮了,人们都起来,那可咋办?他心里一急,想出让那女人去借秤。等那女人一走,张三蹿到女人屋里,一看正好绳上搭条裤子,忙伸手拽下来,穿在自己身上。

不一会儿,那女人借秤回来,两人把柴禾过了秤,交罢钱,张三扛起扁担就走。

那女人一看张三穿的裤子像是她的,进屋一看,自己的裤子真的不见了。她赶紧出门喊道:"卖柴禾的大哥,可不能做缺德事呀!你咋把俺的裤子穿在身上了?"

张三说:"大妹子,你可不能冤枉好人哪! 我身上就这一条裤子,咋会是你的?"说罢就想溜。

那女人一步上前拽住张三,你一言、我一语争吵起来。

这一吵,惊动了街坊邻居,都来看热闹。有人说:"这一男一女,大清早争一条裤子,准没干好事。"有人说:"你看那女人,成天打扮得花里胡哨的,还不是为了勾引野男人!"

那女人听到这些话,委屈得坐在地上大哭起来。张三感到自己做了亏心事,又不愿在众人面前丢丑,就和那女人到官府去评理。

两人来到县衙,几声堂鼓一响,惊醒了知县。知县听有人击鼓,立即升堂,把原告、被告带到大堂跪下,知县问道:"谁是原告?"

那女人说:"王氏我,是原告。"

知县说:"快把状纸呈上!"

王氏说:"禀老爷,卖柴禾的张三清早偷我一条裤子。还不到一个时辰,没来得及请人写状纸,请老爷恕我无礼!"

知县问道:"可有证人?"

王氏说:"大清早街坊邻居都未起床,没人作证。可我说的都是实情,请老爷明断!"

知县又问:"你家里可有何人作证?"

王氏说:"奴家守寡十多年,家里没有其他人。"

知县转向张三问道:"卖柴人张三,你为何大清早偷人家寡妇的裤子? 心怀何意? 快说!"

张三说:"禀老爷! 小民家穷,鸡叫头遍赶集卖柴,身上就穿一条裤子。她说这裤子是她的,那我走几十里路能不穿裤子吗?"

知县一听,觉得两个人说的都有理,一时难下结论,于是原告和被告在大堂上又争吵起来。

　　知县把惊堂木一拍,问王氏道:"你告张三偷你的裤子,你裤子上有何记号?"

　　王氏说:"我那裤裆里缝有一块红布。"

　　知县叫人验证,果然当真。他把惊堂木一拍,向张三喝道:"好你个刁民!偷了良家女子的裤子,还想耍赖?给我动刑。"

　　张三见事情弄到这个地步,也顾不得脸面,赶紧向知县叩头认罪:"请老爷别动刑,我招!"

　　等张三把事情经过说了一遍,大堂上下个个笑得前仰后倒,知县也笑得直不起腰。

　　原告王氏本来很生气,听了也觉得好笑。再看看张三那憨厚的可怜相,不由同情起来,于是对知县说:"俺不告了。"

　　张三说:"俺对不起大嫂,愿受罚!"

　　知县仔细看看这对男女,年龄相当,心地善良,且都是独身过日子,倒不如给他们合成一对儿。于是判道:"原告、被告听着:一担柴禾牵红线,一条裤子定姻缘;本县为你们做大媒,回去就把喜事办!退堂!"

(佚　名)

捐猪晒鸡

　　从前有个农民，名叫亨利，人不坏，就是傻得没法形容。

　　有一次，亨利到市场上去买别针，他把买来的别针牢牢地捏在手里，走到半路，感到累极了，便坐在路旁的一块石头上休息，并随手把手里的别针放在路旁的一堆干草上。当他准备继续赶路，起身去取别针时，却一枚也找不到了。于是他朝干草上放了一把火，干草是烧掉了，可别针也烧得黑乎乎的不能用了，他只好空着两只手悻悻地走回家去。

　　他妻子知道了这件事后，对他说："下次把别针别在袖口上，就不会丢了。"

　　过了几天，亨利到城里买了一只犁头，他记起了妻子的话，想把犁头别在袖口上，结果把袖口弄破了。他妻子埋怨说："你呀,应该把它捎在肩膀上。"亨利表示下次一定照妻子说的办。

又过了几天,他去城里买了一头小猪,把它像一袋小麦似的捎在肩上,小猪咬他的耳朵,他也不理,回到家里,耳朵也被咬掉了一半,弄得满脸鲜血直淌。

他妻子看见了,又是心痛,又是恼火,大声对他说:"你应该牵着它,让它自己走。"

又过了几天,他到市场上买了一只锅,他把绳子结在锅柄上,拖着往家里走,等走到家里时,锅子不见了,只剩下锅柄。

他妻子大骂他一顿,无可奈何地说:"下次还是让我到市场上去买东西,你就给我留在家里吧。"

过了几天,他妻子到市场上去买东西,临走时对亨利说:"喂,家中有一窝小鸡,你要注意,让它们晒晒太阳。"说完就走了。

亨利到院子里一看,小鸡全躺在阴暗处,不肯到太阳底下来。这时,他看到院里有一根晒衣服的铁丝,于是他把小鸡一只一只提住,缚住它们的双脚,像晒衣服一样倒悬在铁丝上晒太阳。

等他妻子回来时,十七只小鸡只剩下四只还有一丝丝气,气得他妻子喊道:"你是天底下最傻的傻瓜,什么都不会,既不会下蛋,又不会孵鸡。"

亨利听了叫起屈来:"谁说我不会,我上次孵骡蛋,骡子都已经孵出来了,全是你把事情搞糟了,才让骡子跑掉的。"

(丹　丽　王志冲　译)

水缸镜子

过去，有这么一家人：老两口、小两口，加个六七岁的小孩。他们住在深山里，多见石头少见人，任嘛不懂，尽干蠢事。

这一天，老头给牛棚水缸里打满了水，又忙着往牛槽里加草上料。小孙子在水缸边玩耍，他扒着缸沿往里边一看，发现缸里也有个小孩，他不知道那是自己的影子，就举着小拳头吼他："喂！你是哪里的野孩子？"

谁知那小孩一点也不怕，照样冲他举起了拳头，于是，那傻孩子就和自己的倒影争吵起来。

老头听了忙问孙子发生了什么事儿，小孩哭着说："爷爷，缸里有个小孩，他要打我！"

老头赶紧跑到水缸边，探头一看，原来水里边藏着个老头！

他气愤地指着那老头的鼻子斥责道："你这人年纪一大把,咋能欺负一个小孩子呢?"

不料缸里的老头照样吹胡子瞪眼地对待他。这傻老汉气不打一处来,顺手搬起一块石头,冲缸中老头砸去。只听"扑通"一声,水缸被砸破了,水流了一地,不用说,那个野老头也不见了。

傻老汉一看傻眼了,他以为自己把人给打死了,怕人家找他算账,赶紧跑出家门避难去了。

老汉一跑就是好几个月,生死未卜。全家人慌了,老太太让儿子出去把老头子找回来。

儿子临走时,媳妇交待他,路过集市时顺便给自己买把木梳回来。丈夫也是个傻子,不知道木梳什么样子。媳妇告诉他,木梳弯弯儿的就像个月牙儿。傻丈夫记下了,背着干粮,出门找爹去了。

他走着打听着,找哇,找哇,奔波了一个多月,终于找到了老头子,于是爷儿俩一起往回走。

路过一个集镇时,傻丈夫忽然想起媳妇交待的话,却忘了要买的东西的名称,只记得媳妇说过那东西弯弯儿的就像……像个月亮。他见一家杂货店里的柜台上放着一面圆镜子,看上去很像个月亮,就稀里糊涂把它买了下来。

父子俩回到家里,全家人皆大欢喜。傻丈夫高高兴兴地掏出镜子,交给自己的媳妇。

媳妇不知道镜子是个什么东西,对着镜子一看,看见里边有个年轻媳妇,不由得又哭又骂起来:"你这个没良心的!叫你出去找爹,谁叫你找个小老婆回来呀!"

她婆婆一听这话来了兴致,抢上来说:"叫我看看这姑娘啥模样!"她对着镜子一看,也大骂起儿子来:"你这个不争气的东西呀!要娶就娶个年轻的,你娶个老太婆干啥?"

老头子也好奇地接过镜子看,咦!里边怎么是个老头? 就指着儿子骂道:"你真是个傻瓜! 连公母都不分,竟娶个糟老头回来!"

儿子委屈地说:"爹呀,咱俩同路回来,我没带人来家呀!"

老头儿一想也的确是这样,不由又对着镜子仔细看了看。哈,这下子他看出来了,原来这老头正是被他一石头砸没了的野老汉! 于是脱口骂道:"你这个老龟孙! 原来装死藏在这里,害得我逃了好几个月的难! 这回我给你扔到井里,看你还怎么出来害人!"

(曹宝泉)

闯 荡 世 界

喝醉了还能醒过来,而傻瓜却永远也不能清醒。

五马换六羊

　　有个老员外，家里钱财无数，只有一事不称心：生了个傻儿子。这么大个家业，以后谁来继承呢？老员外愁得整天吃不香、睡不好。后来管家出了个主意，让傻子出外闯荡闯荡，见识见识，锻炼锻炼能耐，再给他娶个精明媳妇，不愁撑不起门户。

　　老员外同意了管家的意见，牵出五匹黄骠马，又拿出五十两银子，让傻儿子出外闯荡。临走时，老员外一再嘱咐傻儿子："出门办事长点心眼，尽量别吃亏。"傻子不耐烦地说："知道了，要长心眼，不吃亏。"说完，牵马走了。

　　傻子来到一个镇子上，在一家旅店住了下来。这时有个老客，赶着六只羊，也住在这个店里，他和傻子唠了几句嗑，就看出他傻来了。老客眼珠一转，来了主意，对傻子说："老哥，咱哥俩做把买卖,我用六只羊换你的五匹马,你看多合算。""不换! 不换! 我的马多值钱呐,你还是该干啥干啥吧,别耽误你的路。"老客说:"老哥,你有所不知,我这是种羊,比你的马值钱,何况我的羊比你的马还多一只呢。"傻子一听,觉得多一只划得来,换就换吧。

第二天,傻子赶着六只羊上路了,走到天将晌午时,走得又渴又累,就找了个树阴凉歇了下来。他屁股还没挨地呢,打前面过来个挑着挑子的汉子,来到树下坐下也不走了。

傻子伸脖往挑子里一看,挑的是兔子,一色雪白,太逗人喜欢了,便搭讪问道:"老哥,你挑的这是什么兔子,这么逗人喜欢?是卖的吗?"

那汉子一看傻子傻头傻脑的,便编了个谎说:"我这是玉兔,世间罕有的兔子,你要是喜欢就换给你好了。"傻子摇了摇头,说:"我不换,我这是种羊,最值钱的了。"汉子说:"我说老哥,你别不识货,我这玉兔价值连城,还能变美女呢,你不换会后悔的。何况我这兔比你的羊还多一只。"傻子一听,觉得合算,换就换吧。

傻子挑着七只兔子高高兴兴地往前走,走着走着,碰见个年轻小伙子,怀里抱只大公鸡。小伙子看了看傻子,又瞧了瞧挑子里的兔子,问道:"老哥,你挑子里的兔子是卖的吗?"傻子摇了摇头,说:"我这是用六只羊换的,到家还让这玉兔变美人呢。"小伙子看出这老哥是个傻子,干脆也糊弄糊弄他得了,于是笑眯眯地说:"老哥,我抱的这东西叫报晓,也叫小凤凰。我拿这小凤凰换你的玉兔,你可愿换?"

傻子摆摆手说:"不换! 不换! 不合算!""老哥,你真不知多少,我这凤凰能变大,你骑上凤凰能上金山取金子、银子,取多少有多少,你要是不换,待会我还不换了呢。"傻子一核计,觉得这么便宜的好事,得赶紧换。

　　傻子抱着只公鸡又继续往前走，走到天黑，找了个店住了下来。碰巧有个山西人也住这儿，从怀里掏出一瓶醋，在左右摆弄。傻子觉得有趣，上前搭腔道："这位大哥，你瓶子里装的是什么玩意儿？"山西人见他傻里傻气的，想逗弄逗弄他开开心，就一举醋瓶子说："老哥，看没看见，我这是一瓶仙醋，吃了这仙醋模样能变好看，还能长生不老。"傻子一听，能长生不老，这可是好玩意儿，赶紧商量说："大哥，咱俩做把买卖，我用我的报晓换你的仙醋，怎样？"山西人装作不愿换的样子，在傻子一再央求下，才答应换就换吧。

　　第二天，傻子拿着瓶醋乐颠颠地往家走，当他走得实在太累时，打后边过来一辆大马车，拉着一车布匹过来。傻子拦住马车说："老哥，捎个脚吧！"赶车老板说："不捎，你没看我这车都拉不动了吗？"傻子说："拉多拉少也不在乎我一个人，我多给你银子。"车老板听说给银子，就答应一声："上车吧。"

　　车走到一个古岗，一不小心翻到沟里，傻子甩到壕沟里，醋瓶子也碎了。傻子一看醋瓶打了，急眼了，抓住车老板的衣领，说这是无价之宝，非要车老板赔不可。车老板无奈，只好赔他一板布。

　　傻子扛着布匹回到家里后，老员外就问："这几天出门闯荡得怎样了？"傻子得意地说："五马换六羊，六羊换七兔，七兔换报晓，报晓换瓶醋，翻车打了醋，讹人一板布。"

　　老员外气得眼角都瞪裂了，上去给傻子一个嘴巴，骂道："畜生，还有脸回来，五匹马多少钱？一板布多少钱？不图你赚呗，你也别赔这么多呀，还不如死在外头得了。"

　　傻子也火了，上去给老员外两个嘴巴，指着老员外说："你打我一个嘴巴，我打你两个，还赚一个，这叫多长心眼，不吃亏。这不就是闯荡回来的本事吗？"

　　　　　　　　　　　　　　　（孙喜臣　搜集整理）

这个学不会

　　有个卖碗的老汉叫水田丰,他有个儿子叫水镜明。水镜明二十多岁,长相不错,有一身牛力气,就是啥事也不会做,人们管他叫"憨仔"。水老汉想:我百年后,憨仔怎么生活呢? 该带他出去学做生意,让他见见世面。

　　打这开始,水老汉每天出门,就叫憨仔用竹筒装粥背着,跟他去见见世面、开开眼界。可是憨仔跟了半年,什么也没学会,真让水老汉伤透了脑子。他想了半夜,最后决定干脆让他挑着担子,跟着他做生意。

　　这天一早,水老汉和憨仔挑了两挑碗游村去卖。两个人串了一村又一村,途经三岔路口时,迎面走来一位五十来岁的妇女,水老汉上前招呼道:"请问大嫂,去杏水村该走哪条路?"

那妇女还没回答,前面又来了一位老太婆,憨仔学着他爹,拦着老太婆问道:"请问大嫂,去杏水村该走哪一条路?"

老太婆一听,气得瞪了憨仔一眼,骂道:"当我的孙子还嫌你小呢,不要脸的小畜生!"骂罢气呼呼地走了。

待老太婆走远了,水老汉告诫憨仔说:"你怎么叫那个女人大嫂呢,该叫她阿婆才对嘛,以后不可乱叫,记住!"

父子俩从杏水村出来,去串水凌村,走到三岔路口,又不知道哪一条路通往水凌村,他俩歇下担子,等待行人问路。

不久,走过一位中年妇女和一个十六七岁的姑娘。水老汉问道:"请问婶子,去水凌村该走哪一条路?"

憨仔见爹问了那个婶子,他急忙上前问那个姑娘:"请问阿婆,去水凌村该走哪一条路?"

姑娘听了,满脸绯红,啼笑皆非。那中年妇女冲着憨仔骂道:"你这疯子,调戏良家闺女,你不得好死!"骂罢拉了姑娘的手,满脸怒气地走了。

水老汉见儿子如此无知,十分恼火地骂道:"你怎么把姑娘称作阿婆,天下的傻事都傻给你了!"

憨仔不服气地说:"你不是说该叫另一个女人阿婆吗。"

水老汉长叹一声:"你呀,要知道,年纪比你小的叫她阿妹,年纪比你大的叫她大姐,知道吗?"憨仔咕哝道:"知道了。"

出了水凌村,父子俩挑着重担走下黄泥坡,坡陡路滑,下到半坡时,水老汉脚下打滑,一个趔趄摔倒了,人倒筐甩,一筐碗"稀里哗啦"砸烂了不少,他的手也被烂碗割破,血淋淋的。

憨仔没有跌倒,但他记着爹平时对他说过的"你看我怎样做,你也照着做就行了"这句话,于是他学着爹故意跌一跤,一挑的碗甩烂大半,接着又捡起一片烂碗,在手腕上划了一个口子,像爹一样他的手上也血淋淋的了。

水老汉见了气得骂道:"我跌倒你也学着跌倒,还用烂碗片割破手腕,真是天下的笨事儿全归了你!"

父子俩赶到镇上,到医院上药包扎后,已是晌午时分,两个人都感到肚子饿了,就到粉摊前买了两碗米粉,狼吞虎咽吃起来。

水老汉突然一呛连打几个喷嚏,一根粉条从鼻孔里窜出来。憨仔看了觉得好笑,随即也学他爹硬打几声喷嚏,可是摸摸鼻子,却没有粉条跑出来,他急忙仰脸朝天,用手抓着粉条往鼻子里灌。灌了一阵也没见动静,他哭丧着脸说道:"爹,粉条从鼻子跑出来,这个我学不了。"

水老汉长叹一声,再也不想说啥了。

(林武坤)

来只炒「贵姓」

有个土财主，养了个憨儿子，二十多岁还啥也不懂。这天，财主交给儿子二百五十个钱，叫他进城长长见识。

憨家伙揣上钱，高高兴兴地提着鹌鹑笼子就上街了。路过一家炒菜馆，闻见里头怪香的，就摇摇摆摆走了进去。为了摆阔气，他把二百五十个钱全掏出来往桌上一砸，学着别人的样子喊堂倌来点菜。可点啥菜哩？他犯难了。

这时正好近边桌上有两位老先生在互相问候哩，这个说"贵姓"，那个讲"高寿"。傻子一听，估摸他们也是在点菜，这"贵姓"和"高寿"一定是两道名菜，就赶紧拿腔捏调地吩咐："先来个热'贵姓'，再来个冷'高寿'，外加一碗不冷不热的蒸馍汤！"

堂倌一听就知道这家伙是个二百五，就想戏弄他一顿。他回身从泔水缸里捞了两碗剩菜渣,加点油盐一拌就端给他吃。谁知这傻家伙一边吃还一边叫好哩,吃喝完了,他又一敲桌子,喊堂倌来"会账"。

堂倌暗暗查了查桌上的钱,不多不少二百五,就喊起价码儿:"'贵姓'一百二十五,'高寿'一百二十五,清汤外加一文。收钱二百五,还欠一个子儿!"憨家伙傻眼了,全给人家还欠一文哪!咋办哩?堂倌叫他留下鹌鹑笼子,回去拿钱来赎。

憨家伙垂头丧气出了店门,回身一看,咦!这街上的门面差不多一个样!心里想:回头找不到地方就麻烦了,得找个记号。他看来看去,发现饭馆墙上挂着一串蒜瓣儿,就暗暗记在心里,回家去了。

第二天,憨子带着钱进城赎鹌鹑。来到这段街上,走过来走过去就是找不到挂蒜的门面。原来那串蒜瓣已经用光了!一个算卦先生问他在找啥?他说是在找"挂蒜"的。算卦先生说:"世上只有'算卦'的,哪有'卦算'的?你是把话记颠倒了吧?"憨子想想人家说得也在理,就改口说是找"蒜挂"的。先生说:"那好,我就是算卦的。要算卦得先报属相,你属啥呀?"憨子大声说:"我赎'鹌鹑'哩!"先生一愣:"啥呀,属'鹌鹑'?去去去,你根本不在十二相,真是个二百五!"憨子连声说:"是啊!是啊!你先生真是神卦,我二百五全花光了,还欠下一个子儿啊!"

(曹宝泉)

提头拽尾巴

　　从前,有个财主,妻子生下三个儿子,一对半是傻子。三个儿子都已二十多岁,一个也没娶上媳妇。财主想:儿子一个比一个傻,今后这个家业哪个能经管?

　　一天,财主把三个儿子叫到跟前,对他们说:"你们都已长大成人,也该出去见见世面。我给你们每人二十两银子,你们到外边学些能事,今后也好成家立业。"三个儿子听说给他们银子到外边学能事,个个咧开大嘴傻笑起来。

　　第二天,兄弟三个带着银子,分别出去学能事了。

　　先说老大,出门往东走,走到一个村庄,见有个人正在扒破房子,只听他一声高喊:"落梁快跑!落梁快跑!"随后就是一声"轰隆"响。老大觉得怪好玩的,就到前面去询问。可是,问谁谁也不理他。越是人家不理他,他越觉得这是一件能事,就拉着一个年轻人到一边说:"你把刚才那人喊的啥对我说,我就给你银子。"他边说边掏银子。那年轻人见他掏出了银子,就对着他的耳朵说:"落梁快跑!落梁快跑!"老大听了连连点头,他把银子递给了年轻人,高高兴兴地回家了。

再说老二,带上银子出村往南走,他走呀走呀,忽听有人在喊:"提头拽尾巴!提头拽尾巴!"他抬头一看,见一头毛驴掉进泥沟里,几个人提头拽尾巴把驴抬了上来。他觉得这倒是个好窍门,但他没记住那句话,于是便又掏出银子学了"提头拽尾巴"这句话,也高高兴兴地回家了。

最后再说老三。他出了村庄往西走,走了好远好远,走进一个寨子里,碰见一个三岁小孩与一只小狗在玩耍,那小狗"汪汪"叫了两声,把小孩吓哭了。站在孩子身边的母亲急忙拍着儿子说:"乖乖别怕!乖乖别怕!"小孩马上停住了哭。老三觉得这是个能事,也掏出银子学了这句话。

兄弟三个先后回到家,正遇上父亲过生日。财主把三个儿子叫到跟前问道:"你们都学到能事了吗?"三个儿子都说学到了。财主就让三个儿子说说学了哪些能事。

老大让老二先说,老二让老三先说,老三让老大先说。

老大只好仰头望着屋顶,望了好大一会,突然高声叫道:"落梁快跑!落梁快跑!"

财主一听,以为屋子快要塌下来,急忙就往外跑,没想一脚绊在门槛上,"扑通"一声摔倒在地。

老二见状,急忙叫喊起来:"提头拽尾巴!提头拽尾巴!"

老三一见两个哥哥都使上了新本事,自己也不示弱,上前拍着父亲的身子说:"乖乖别怕!乖乖别怕!"

那财主摔倒后,本来可以爬起来,可他一听三个儿子都在说傻话、办蠢事,顿时气得昏了过去。　　(戴金瑛　搜集整理)

傻 功 镇 邪

无论是天资比较聪明的人或是天资比较鲁钝的人，如果他们决心要得到值得称道的成就，都必须勤学苦练才行。

踢功震群痞

　　赵家庄是个有三百多户人家的大村庄,住户百分之九十都姓赵,其中只有一户姓李。只因李姓孤门独户,时常受姓赵的欺负,轻则戏弄嘲笑,重则拳脚相加。李老爷子只有一个儿子,叫阿强,人倒长得壮壮实实,就是有点儿戆,人家更是肆无忌惮地欺他家。李老爷子望着儿子叹气道:"阿强呀阿强,你如若聪明点,爹就让你到少林寺拜师学艺,咱李家就不会受人欺凌了,可你……"

　　阿强一听,戆劲来了,气呼呼地说:"谁说我学不会本事?我偏去学。"李老爷子想,学总比不学好,就准备一番,让阿强上路了。阿强翻山涉水,来到少林寺,对慧心大师说明来意,大师很同情他的遭遇,便点头收下了。

　　大师把阿强带到一个很大的场地上,阿强一看满场都是石头子儿,心中好大纳闷,不知大师要自己做什么。只听慧心大师说:"你把场地上的石子全部踢到场子外去,不准留一颗。"说完便自个儿走了。

阿强原以为大师要教他拳脚器械功夫,没想到叫他踢石子,心里老大不高兴,气呼呼地抬脚就踢。轻轻一下,便把一颗石子踢到场外去了。他想这太容易了,于是,就踢起来。开始几天很轻松,那些小石子在他的脚上很听话,脚一抬,它们就蹦蹦跳跳钻到场外的草丛里去了。可是,越往场子里踢,石子越来越大,距离越来越远,鞋子尖踢破了,石子触到脚趾上,痛得像刀割,五个脚趾头个个肿得像胡萝卜。阿强真想不踢了,可再一想:爹说学艺很苦,说不定大师让我踢石子,大概是在考验我吃不吃得苦吧?这么一想,阿强就咬紧牙关,苦苦撑下来。

渐渐地,脚上的指甲脱落了,趾头上起了一层厚厚的茧,石子触到脚上一点也不疼了,阿强只要用力一脚,石子便"呼"地一声飞到场外去了。如此过了半年,终于把满场的石子踢光了。

阿强喜滋滋地去见慧心大师,心想:大师这次一定会传授武艺。谁知大师只说了一句:"随我来。"把阿强带到林子里的一块空地上。阿强一看,场子里早已摆好一块块约一尺长、两寸宽、两寸厚的青石条,而且越往里去,那些青石条就越厚、越长。大师教了阿强一些踢青石条的方法和诀窍后,便走了。

"还让我踢这个?"阿强气恼地飞起一脚,青石条竟纹丝不动。阿强来了愣劲,把怒气全发泄在青石条上,左一脚、右一脚,"哗"这块青石条终于被踢出去了。阿强想:一个月才踢出去一块,这么久要踢到什么时候啊!阿强急于想学艺,就不分昼夜地踢,不知不觉中,两年过去了,终于踢完了场子里的青石条。

这时阿强的踢功已非昔比,你看他随意一脚,那块重约五十斤的青石条便应脚而起,而且他想让青石条飞到哪,青石条便很听话地命中目标,不差分毫,就连慧心大师也暗暗点头。

　　大师见了阿强，既不夸奖他，也不提教他什么武艺，只是挥了挥手，只见十几个小和尚"呼哧呼哧"地抬着十几个石鼓过来，摆在地上，阿强一看，乖乖，最大的足有五百多斤重。大师只丢下一句话："你自己琢磨着怎么踢吧。"说完，带着小和尚飘然而去。

　　阿强满以为这次大师即使不教他学习枪棒拳脚，也得让自己学些别的，谁知还是踢这个，心中好不气恼，但是又不敢不听，只好又埋头踢起来。日出日落，斗转星移，转眼又过了两年，阿强想家了，想得烦躁无比，嘴里嘟哝着："天天让我踢、踢、踢，不知要踢到什么时候！"说完，用足力气狠狠一脚踢去，只见那个大石鼓"嗡"地一声，急如流星，"咔嚓"一声，一棵碗口粗的大树被飞来的石鼓拦腰打断，树叶落满了地。

　　这时，大师出现了，他双手合十，说："阿弥陀佛，阿强啊，你把东西收拾一下，可以回家了。"

　　阿强一听，急道："大师，我什么都还没学呢！"慧心大师脸上露出少有的笑容，说："你已经学成了，可以对付很多人，但是不到万不得已时，不许仗艺欺人，须知万事忍为上。"

　　阿强知道多说无益，闷闷不乐地踏上返乡之路。到了家门前，只见有一群人围在那儿不知做什么，有个人看到阿强，大声说："阿强回来了。"众人听说阿强回来了，自动闪开一条路。

　　阿强看到老父亲躺在地上，满脸是血，又被人欺负了。他一阵心痛，怒从心起，虎吼一声，"腾"地一脚把一个碌碡踢得腾空而起，从大伙头顶飞过，落在两丈多远的地上，陷进土中一尺多。几个欺负阿强父亲的地痞大惊失色，跪在阿强面前直讨饶。

　　事后，李老爷子问他在少林寺学到些什么，阿强懊恼地摇摇头，说："大师每天只让我踢石头，别的什么也没教。"其实，阿强哪里知道，他所学到的正是少林寺七十二绝技之一，厉害无比的"足射功"呢。

（李继荣）

抱猪得神功

　　王家湾有个汉子叫王二憨。王二憨长得身躯粗大，骨架结实，可就是有点憨头笨脑。自从父母死后，就他一个人过日子。

　　王二憨虽然憨，可吃五谷杂粮也有七情六欲，如今三十岁出头了，还孤身一人，看到别人娶媳妇讨老婆，他也想。他家门前是一条赶乡场的大路，没事时他总一个人呆坐在门槛上，朝着那些来来去去过往的女人傻望，要是有哪一位姑娘媳妇多看他一眼的话，他便会"嘿嘿嘿"一阵子呆笑，吓得人家从此不敢打他门前过。

　　这天，王二憨又坐在门口对着大路傻望时，他母亲在世时的好姐妹刘婶赶场路过这儿。她见二憨那副傻样，就对他说："二憨呀，你又在望路上的女人，想媳妇了？"

"嘿嘿……我……"

"没出息,还傻笑呢!"刘婶跨进房里,拉把椅子坐下,说,"想媳妇,哪有这么想的?一个大男人坐在门口望着女人傻看、痴笑,一辈子别想讨到老婆!"

王二憨急道:"刘婶,咋样才能讨到老婆?你给指点指点,我听你的,一定听你的。"

刘婶站起来,在屋子里四处看了一遍,问二憨:"你这粮食倒还存了点,你有钱吗?""嗯,有点,只几百元,我拿给你看看。""我不看你的。这回我给你相中了个女人,人家说她赶场路过你门前认识你,别的倒没啥,就怕你太懒太憨,不会理家。"王二憨一听发急道:"刘婶,你对她说,我会理家,保证不懒!我听她的,由她使唤,行啵?"

刘婶忍不住笑道:"哈哈……看把你急的,真是个憨子。这样吧,人家说了,叫你去买头快下崽的母猪回来养,等母猪下了崽后,再把崽猪全养肥卖了,就用这钱娶媳妇,婶子我保证给你当好这个媒!"

王二憨一听可高兴了,一拍巴掌跳得老高,说:"行!我保证养好,明天就去买猪!刘婶,你说话可要算数?""算数,只要你办到了,刘婶一定算数!"

第二天,王二憨果真从集市上买回一头怀崽的大母猪,经他精心畜养,过了一个多月,母猪还真给产下了八头白白胖胖的小猪崽。王二憨想到猪养肥了,就可娶媳妇。心里那高兴劲就甭提了。

哪知等到小猪阉的时候,那头老母猪突然病倒了,急得王二憨慌忙请来兽医,结果那老母猪还是腿一蹬死了。王二憨急得一边哭一边一个劲地埋怨兽医。兽医说:"我说你呀真是个憨瓜,这养猪也得讲究个科学和清洁卫生嘛!你看你的猪圈里,猪粪堆得像小山包,天气闷热又不给猪洗澡冲水,你这头母猪是中了粪毒感染后引起痢疾和暑热病死的,这些小猪也有几头已经被感染上了。以后,你一定要每天早晨起来把猪放到外面活动活动,中午挑水给每头猪洗个澡,保持圈内清洁……"

王二憨听了兽医的话,每天一早起来,把八头小猪一只只从圈里提出来,赶到房后树林里跑上一个多小时,然后赶回来再一只只提着放进圈里,到了中午再把猪一头头提出来给浇水洗澡,洗好澡再一头头提起来放进圈里。就这么日复一日,月复一月,天天如此,从不间断。这些猪也养成了习惯,到时候就拱圈叫嚷,催王二憨完成任务。

到了金秋的十月,王二憨的八头猪全长到了一百八九十斤重。看着这些猪,王二憨心里高兴,正打算去找刘婶,巧得很,这天上午刘婶就来了。

刘婶走到圈里,一看那八头大肥猪,高兴得一拍王二憨的肩说:"哈哈,二憨呀二憨,你们真是前世有缘呀!你把这些猪全卖了,就可以欢欢喜喜办喜事了。"

听了刘婶的话,王二憨高兴得像孩子似的一蹦八尺高,嘴里止不住"嘿嘿"直笑。

第二天,王二憨去找杀猪匠卖猪。杀猪匠听说他有八头大肥猪,就叫来四个年轻小伙子,五个人一起来到王二憨家看了猪,谈好价钱,八头猪一共四千元,说让王二憨把猪赶到公路边,上车付钱。王二憨没多言语,一个人在头里赶着八头猪,就往公路走去。

王二憨把猪赶到公路上,停在一辆小四轮汽车前,把手中的棍子一扔,说:"好了,给钱吧。"谁知杀猪匠欺王二憨老实,想出花招再杀价捡便宜,他们故意都不说话,走过去这个用脚踹踹猪,那个用手将猪鬃。过了一会,杀猪匠开口说:"喂,憨子,这几头猪价给你开高了,怕赚不了钱,搞不好还要亏本呢,是不是少点哟?"另一个接口说:"这样吧,猪你都已赶来了,若不要,会说我们故意欺你老实人,咱们都相互让点儿,给三千八吧。"

王二憨听了一屁股坐在土埂上,双手抱膝,口吃地说:"那、那不行,说好了才、才放猪的,一分也不能少!""还是少点吧,咱们好好商量商量。""不少!就不少!"

杀猪匠和几个青年眨眨眼,便要起了欲擒故纵的招术:"真不少?反正是不卖有货在,不买有钱在。你把猪再赶回去吧,我们也就拜拜了。"说着,杀猪匠和一个小伙子就跳上了小四轮的车斗里,另两个青年也往小四轮上爬。

王二憨见他们要走,可急了,火气一升,来了憨劲,只见他一拍双膝"腾"地站起,嘴里骂一声:"妈啦巴子的,猪都赶这来了,想杀价整我?那不行,非要你们给钱!"他边骂边大步上前,一伸双手,一手抓一个,一提一甩,就把两个往小四轮上爬的小伙子甩到了公路的另一边。接着,他双手用力一拉车斗,车斗就翻直倾斜,吓得车斗里的一个小伙子纵身跳下车,还没容他站稳,王二憨上前抓住他臂膀一提一甩,把他给投进了还在摇晃的车斗里,摔了个四仰八叉,只听他杀猪般地嚎叫着:"哎哟,我的妈哎——"

王二憨这手功夫从哪儿学的,没人知道,就连他自己也愣了,直盯着自己的双手,心里暗道:我哪来这么大的力气呢?

还有两个人一看屁大工夫就倒了三个,顿时吓得尿了一裤裆,拔脚就跑。王二憨大吼道:"要跑?要跑老子就、就把你们……"吓得那两个急忙止步,回转身,嘴里一个劲地说:"王二爷爷饶命,我们是逗你玩的,你咋真发这么大的火呀?"

王二憨哼了一声,看着自己的双手"嘿嘿"一笑,又坐回到土埂上,伸出一只手:"拿钱来!"

两个没遭甩的忙过去扶起那三人,再也没人敢开口杀价,一个个乖乖地掏出钱,点足四千元,一分不少付给了王二憨。

王二憨接过钱数了数,揣进衣兜里仍旧坐在那儿,心疼地望着他的八头猪。

三个被甩的人身子像散了架,疼得使不上劲,就靠另外两个人往车斗里上猪,猪被弄得"嗷嗷"叫,弄了半天,一头也没弄上车。

王二憨看在眼里,笑在心里,他不忍心他的乖猪给整得直叫唤,就站起来,走过去说声:"让开些,当的啥杀猪匠?"随即他"罗罗……"一声呼唤,被杀猪匠们弄得跑散的猪立刻齐刷刷地来到他的脚旁,乖乖地立着。王二憨像每天从圈里提出提进给猪"放风"、洗澡一样,把一头头猪双手提起,轻轻地放进车斗里。全放完了,他又在每头猪身上摸了摸,然后双手拍拍,对杀猪匠们道:"走吧!"几个杀猪匠全被王二憨刚才的举动惊傻了,一个个呆立着,连王二憨叫他们走也没听见。

王二憨搓搓双手,挪步往回走,终于想明白,他的功夫是从这八头猪身上练成的。他从十几斤提到一百八九十斤,每天提进提出从不间断,两膀的功力也就随之一天天增大。

王二憨刚走出几步,突然几个年轻小伙子奔到王二憨跟前,"咚咚咚"地跪下说:"王二爷,请收我们做徒弟吧!"王二憨吓了一跳:"这……这……我……你们……"

几个小伙子以为王二憨怕他们不给拜师钱,急道:"我们一人先给两百。"说着掏出了钱。

王二憨更加手足无措,双手直搔头皮,不敢接钱,嘴里喃喃道:"这个、这个,嘿嘿,嘿嘿,三天后我就娶媳妇,媳妇要来了,我跟她商量商量,到时你们再、再来,我听媳妇的。"

(农　夫)

头功退敌军

　　宋代有户姓沈的人家,早年生了一女,年近五旬时又得了个儿子,老年得子,把老两口高兴死了,就给儿子起了个名字叫光宗,意思是盼望儿子光宗耀祖。

　　光宗过了五岁才会讲话,可第一次讲话竟把姐喊成妈,还一个劲地钻到姐姐怀里要吃奶。老两口这才知道,原来儿子是个大傻蛋!

　　傻蛋十几岁时,姐姐与人私通,让光宗给他们守门。傻蛋倒真忠于姐姐,把守大门,连父母都不让进,老父老母又羞又气,竟双双上了吊。

　　父母一死,姐姐也跟人跑了,丢下傻蛋一人,孤孤单单,无依无靠,很是凄楚。

傻蛋的叔父在外地开武馆教场子,他得知傻蛋的情况,便把他领去,让他婶婶照看。可婶婶让他干啥,他都大出洋相。

叔父摇头叹气道:"唉,我这个傻侄子,傻得也真够可以的了,咋办呢?"夫妻俩一商量,买了几只羊,让傻蛋到没人的树林子里去牧羊。

谁知傻蛋整天以羊作伴,没人跟他玩,心里就闷,一闷就想找地方解闷儿。去哪儿呢?傻蛋想武馆人多热闹,于是他一有空就跑到武馆去瞧热闹。

瞧来瞧去,傻蛋起了学武的念头,就去找叔父。叔父嫌他傻,不教。叔父不教,傻蛋就缠,三缠两缠,缠得叔父没了办法,只好答应。

不过,叔父并非真的答应教他功夫,只是应付应付。叔父对傻蛋说:"好吧,我教你,只要你肯学。"

傻蛋赶忙回答:"你教啥我学啥!"

"好,你不是在树林里放羊吗?放羊时,只要遇到树,不管这树是大是小,你就踢它三脚,捶它三拳,踢完捶完,再换另一棵。一棵一棵地换,一脚一脚地踢,直到放完羊回家为止,敢练吗?"

"敢练。"

叔父是哄他的,可傻蛋却当了真。第二天,傻蛋到了小树林里,见到树抬脚就踢,伸手就捶,手捶破了皮,脚踢出了血,痛得龇牙咧嘴,还是踢,还是捶,天天如此,一捶就捶了十年。

一天,傻蛋趁武馆没人,偷偷溜进去玩,他一会儿看看墙上的画,一会儿摸摸架上的枪和刀,开心极了。看着看着,肩膀突然被人拍了一下,傻蛋回头一看,见一个四十岁左右的壮汉,正盯着他看。

这人是特地来找傻蛋的叔父比武的,他见傻蛋一副大咧咧的派头,以为是武馆里有能耐的人物,心里一痒,说道:"在下李九,要领教阁下两招。"

　　傻蛋问道:"招,啥招? 俺不会。"

　　李九一听,心里说:进了这门的人还有不会招的? 哼,他这是瞧不起我! 心里一怒,手上就加了劲。

　　傻蛋的肩膀受制,身上疼痛,心里可就恼了,但见他车转身来,"呼"飞出一拳,"嘭"便是一脚,边踢边嚷:"不会就不会,你打人干啥?"

　　李九没有防备,竟被他踢得一个跟头甩出老远,老半天没爬起来。

　　叔父回来,听说傻蛋踢走了李九,吃惊不小。要知道,叔父三年前曾和李九交过手,使出浑身解数才赢了他,怎么傻蛋今天一拳一脚就得了手? 叔父真不敢相信,可事实摆在眼前,不信也得信啊! 于是,叔父一反过去的保守,立马将傻蛋招进武馆,倾毕生所学,特别是他苦练多年、颇有造诣的硬气功,全部传给了他这位傻侄子。

　　就这样,一个全心全意地教,一个一心一意地学,很快,傻蛋便入了门,并有了一定的造诣。

　　又过了若干年,傻蛋在武林中有了一定的名声,一些人便来找他较量。

　　这天,来找傻蛋的是位年过五十的精明人。精明人提出来与傻蛋比拳,傻蛋觉得比拳不好玩,要比气功。比啥气功? 比用铡刀砍肚子! 精明人觉得自己年纪比傻蛋大,应该大让小。但他提出得让他先砍傻蛋! 精明人想我先砍伤了你,你就没能耐砍我了,那我就准赢!

　　傻蛋不知道人家在算计他,就"骨碌"一下躺在石板上,运足了气,任凭精明人连砍三刀,三刀三条白印,皮却一点也不破。精明人愣了,他没想到傻蛋会这么厉害!

　　轮到傻蛋砍他了,那人吓出了一身汗。为啥? 因为他那气功实在是不咋的。求饶吧,有失体面;不求吧,命要完蛋。正在胡思乱想之际,只见傻蛋紧闭双眼,两手握刀,"嗨"一声朝他的小腹劈来。那人情急智生,要紧伸出右拳,"嘭"一声将铡刀反弹了出去。一连三刀,刀刀如此。

比赛完了,精明人问傻蛋:"咱俩谁的气功厉害?"

傻蛋傻乎乎地回答:"你比我厉害多了。你能把铡刀弹出去,可我不行。"

傻蛋的叔父有一位在军中的朋友,有一天,他匆匆来到武馆,对叔父讲,他们遇到了强敌,城池被困,危在旦夕,请傻蛋叔父前去帮忙退敌。

叔父考虑了一下,说:"我一时还离不开身,你先带我侄子去,我随后就到。"

朋友不便多言,只好领着傻蛋先赶了回去。

两人来到城下,正待进城,却被敌军挡住去路。朋友急得什么似的,可傻蛋不但不急,还看着人家"嘻嘻"直笑呢!

敌军阵中立马飞出一将,朝傻蛋喝道:"哪儿来的奸细,敢探头探脑地来窥探本阵?你的头是铁做的吗?伸过来,让爷砍上一刀玩玩。"

傻蛋一听,哈哈乐了,说:"比赛吗?好!来,你砍完我,我再砍你。"说着,真的把头伸了过去。

敌将一愣,心想:这人是不是有毛病?要不咋能拿着命当儿戏!不管他,先结果了他的命再说。"想罢,举刀向傻蛋的头上狠狠砍来。

敌将认为,这一刀下去,不把对方的天灵盖削去才怪呢!谁知刀砍在傻蛋的头上,就像砍在钢钻上一般,"嘭"一声被磕开了,吓得敌将"妈呀"一声叫,扔下大刀掉头就跑。

傻蛋见状,急得大叫道:"喂喂,我还没砍你呢!"

敌将哪敢停下,没命地直跑。

这下傻蛋恼了,怒喝道:"回来,不讲信用的东西!"一边嚷一边向敌阵追去。

这时敌阵中冲出两名使枪的将军,迎上傻蛋,双枪齐出,直向傻蛋的面门刺来。朋友刚要冲上去助阵,却见傻蛋双拳齐出,"当当"两下,将两名敌将手中的长枪磕飞,接着又"嘭嘭"两脚,将两名敌将踢了几个跟头,甩了出去。接着傻蛋向敌阵直冲,一边冲一边嚷:"狗熊,过来让我砍上一刀!"

敌阵被他这么一冲,阵脚松动了。

这边主帅见状,急令擂鼓出兵,大军以排山倒海之势向敌阵压来。敌军哪里还能支撑得住,纷纷后撤,四处逃命。

仗就这么出其不意地打胜了。敌军跑了,城也解了围,傻蛋得了头功,被封为"镇敌将军"。

庆功宴上,将士们等着为傻将军祝贺,谁知找遍军营也找不到他。这傻将军哪里去了呢?有人报告说,他拿着大刀出了城,去讨那一刀的账去了。

(温福生)

糊 涂 官 吏

荒谬达到极端，也常常引人发笑，给人一种活泼而甘美的愉悦。

绞死本王

古时候有个穷汉,他住的破小屋倒塌了,只得重新盖一间。

新屋子造得就缺屋顶了,可穷汉的钱已经花完,只得请工匠暂且铺上几张芦席,胡乱撒些泥土将就一下,等有了钱再盖屋顶。

附近有个小偷,见穷汉盖新房子,以为穷汉发财了,就决定去光顾一下。

天黑后,小偷攀上屋檐,刚跨出一步,芦席吃不住分量,掉了下去,正好掉在熟睡着的穷汉身上。穷汉猛地惊醒,跳起来抓小偷,因为黑咕隆咚的,叫小偷给跑了。

谁知这小偷竟憋着一肚子火,第二天,他到国王跟前去告穷汉的状:"哦,圣明的国王!我想偷一户人家的东西,爬上屋顶,谁知那是芦席,我掉下来,差点儿把腿摔断。求您惩办这间屋子的主人！"

国王下令，传来了那个穷汉，三言两语一问，就吩咐刽子手把他绞死。穷汉惊慌地叫道："哎呀，国王，怎么要绞死我呢？应该惩罚小偷哇！"

国王喝道："住嘴！竟敢顶撞我？"

穷汉看出，要国王公正地审判是不可能的。他急得脱口而出："芦席铺得不结实，那是工匠干的活呀！"

国王听了，说："这倒也是。那么，来人哪，把他放了，给我抓那个铺屋顶的工匠来绞死。"

工匠被抓来了，他大喊："我冤枉！冤枉！""你有什么冤枉，说说看！""国王哪，这不能怪我，如果编席工人把芦席编得密丝密缝，邦硬笔挺，那么即使有人在上面走，也不至于弯曲断裂。可那芦席编得又松又稀……"

国王想：对呀，不能怪铺屋顶的工匠。"来呀，把他放了，去把那个编席工人抓来绞死。"

一会儿，编席工人给抓来了。国王说："绞死他，他是罪魁祸首！"

编席工人忙说："哦，国王哪，我的芦席一向是编得结结实实的。但是不久以前，我的一个邻居迷上了养鸽子，他一放鸽子，那些鸽子在空中打转，我就看得走了神儿，这才编出了不结实的芦席。"

国王想了想，吩咐放掉他，把鸽子迷抓来绞死。

鸽子迷被抓来，着急地说："我迷的是放鸽子，迷的是欣赏鸽子的飞翔，这有什么过错呢？依我看，还是绞死那个小偷吧，这样一来，人们日子会过得安宁些。"

国王说："这倒也是。来人哪，把小偷抓来绞死吧！"

刽子手找到小偷，把他送上绞刑台。谁知绞刑架很低，小偷却是高个子，无论刽子手怎样拉扯绞索，小偷的两脚总是不悬空。刽子手慌忙去向国王禀告："全世界的君主哇，小偷个子太高了，脚总是不悬空，怎么也吊不死他！"

国王勃然大怒："这么点鸡毛蒜皮的事情也要来惊动我，不能到十字路口去找个矮个子代替高个子小偷吗？"

刽子手赶紧到十字路口，抓来了一个矮个子行人，就往绞刑台上送。

这时候，国王也来到绞刑台跟前，那矮个子大喊冤枉："哦，圣明的国王！我到山里捡柴，进城卖掉，还得帮人家扛重东西，这才能养家活口。我犯了什么罪呢？干吗要把我绞死？"

国王出口就骂："傻瓜！混蛋！我哪管你有罪没罪！你个子矮，绞死正合适！"

"国王哪！高个子犯了罪，你却要处死我这个没有任何过错的矮个子，这公正吗？既然小偷个子太高，你下令在绞刑台下面挖个坑嘛！"

国王一听，说："嗳，这话对呀。放了他，绞死小偷，在他的脚下挖个坑！"

刽子手又把小偷押上绞刑台，把绞索套上他的脖子，接着在他的脚下开始挖坑。小偷一声连一声地催促："快一点儿！快一点儿！快把我绞死，再慢就来不及了！快！快一点儿！"

国王觉得挺奇怪，问道："你干吗急着要死呀？"

"国王哎，你不知道，天堂里刚刚死掉一位国王，他临终前嘱咐过：'谁头一个到天堂里来，就让他做国王。'所以我挺着急，只怕别人抢先占了王位。快！快把我绞死吧！"

国王一听满怀嫉妒：做天堂里的国王，那才叫美呢！他主意拿定，一声令下："来呀，放下小偷，把我吊上去！"

国王的旨意必须执行。刽子手放掉小偷，把糊涂国王套进绳索，绞死了。

（王志冲　编译）

糊涂阎王

　　几个鬼差抓到三个亡魂,一个是盗贼,一个是赌棍,一个是郎中。三个都大喊冤枉,阎王只好亲自升堂审案。

　　盗贼第一个被带上来,阎王问:"你在阳间是干什么的?"

　　盗贼有些心虚地掩饰道:"我在阳间专门帮人家收藏东西。"见阎王注意地听着,盗贼又说下去,"人家地里的辣椒、茄子多了吃不完,我就帮他们摘些,免得烂了。人家钱多了就会乱花,我就帮他们收藏一些……"

　　阎王听了很高兴,立即说:"好,这真是助人为乐的典型。阳寿再增加五十年,好好去享享福吧。"

　　接着审问赌棍:"你在阳间干什么?"

　　赌棍见盗贼混过了关,便壮了胆,说:"阎王爷,我在阳间专门维护社会秩序,帮你输送人才。"

"讲具体点!"

"我把那些无家可归的人集合在一起玩牌,让他们人人有事可做。"

"不错,有组织能力。但输送人才呢?"

"玩牌输了,他们的父母和妻子就常常会想不开,便到你这里来报到,这不是为你阎王爷输送人才吗?"

阎王听了大喜,立即吩咐判官:"让他到富贵人家去,将来做个地方官!"

最后审郎中:"你在阳间干什么?"

"阎王爷,你上当了!"郎中愤愤不平地说,"他们说的都是假话,一个是盗贼,一个是赌棍,他们都是社会的渣滓。"

"我问的是你,你说说你自己!"

郎中老老实实回答说:"我是民间郎中,专门在死亡线上抢救病危的人,挽救他们的生命。"

"放肆!"阎王气得直敲惊堂木,"原来是你在阳间和我作对?可恶! 先打四十大板,然后打入死牢……"

(黄 林)

揍他四十

　　王麻子原本在李二小开的染房里当伙计,后来因手脚不干净,被李二小辞退了,因此一直耿耿于怀。

　　这天,王麻子从李二小门前路过,瞅见院里树上晾着块布,便想顺手牵羊将它偷走。谁知他刚拿到手里,李二小回来了,吓得他赶紧爬墙逃走。哪料墙垒得不结实,倒塌了,将王麻子的双腿砸拐了。这下,两人都有理,谁也不依谁,打官司进了衙门。

　　糊涂官赶紧升堂问案。

　　李二小告王麻子偷他的布,王麻子不服,气哼哼地说:"大老爷明察,我确实冤枉!我在染房做工,是李二小让我将布拿去染的,谁知因工钱谈不投机,他竟推倒墙头砸我,还诬我偷他的布,大老爷可得替小民做主啊!"

糊涂官一听,就斥责李二小:"该死的李二小,你家的墙砸伤了人家的腿,还诬告人家偷东西,该不该判你有罪?"

李二小明白糊涂官的糊涂劲儿又上来了,如再坚持,必定吃亏,急忙改口道:"大老爷息怒,让小人把话说清楚。小人的墙砸了他的腿,这事儿我承认。可这墙是刘七垒的,有罪应该是刘七呀!"

糊涂官听完点点头,把惊堂木一拍,道:"如此说来你没罪!快传刘七来认罪!"

不多会儿,衙役将刘七拘到。糊涂官一拍桌子喝道:"大胆刘七,你咋给李二垒的墙?如今砸坏了王麻子的腿,不判你个重罪,谅你不会改!"

刘七闻听又作揖又磕头,口喊冤枉说:"大老爷听我讲,给小人判罪实在冤!那天我垒墙,看见了东邻的张玉兰,只因她的衣裳太显眼,惹得我看起她来不挪眼,这才把墙头垒偏了。该要判罪的话,应该判张玉兰!"

糊涂官听罢忙命衙役传来张玉兰,气呼呼地训道:"张玉兰,你个妇道人家,为何穿那招人乱看的衣裳,让刘七把墙垒偏?今日老爷不判你罪,日后不知你再惹什么乱!"

张玉兰听完急忙喊:"大老爷,小女子真正冤,这招人看的衣裳惹了祸,该定罪的是那染房里的王麻子!"

糊涂官两眼一瞪,对王麻子可就发了火:"呵呵,好个王麻子,原来是你自己砸了自己的腿啊!活该!还诬告别人,来呀,揍他四十大板!"

一场官司就这么了结了。

你说,这县官是清官还是糊涂官呢?

(张少英)

打他「三斤」

　　有个县官好酒贪杯,经常喝得醉醺醺的,问起案来颠三倒四,闹了不少笑话,人们背后都叫他"醉官"。

　　这天一早,醉官正在后衙独酌,忽听一阵堂鼓声响,知道有人前来告状,便捧着酒壶上了大堂。他在公案后坐定,又呷了一口酒,这才命衙役带击鼓人上堂。

　　不一时,一个破衣烂衫、面黄肌瘦的老汉来到堂上,朝着醉官"扑通"跪下,就哭了起来。

　　醉官忙问:"老人家为何啼哭?可慢慢讲来!"

　　老汉擦了一把泪,诉说起自己的苦楚来。原来他姓牛。老伴早年下世,他一直跟着独生儿子过活。他这个儿子忤逆不孝,见他年老不中用了,就不把他当人看,经常不让他吃饭,从不叫他一声爹,张嘴闭嘴就是"老不死"。老汉讲罢,又冲醉官磕了个头:"青天大老爷,您要为小民作主哇!"

醉官一听顿生怜悯之心:"老人家起来! 老爷我一定为你主持公道,好好教训教训这个忤逆不孝的孽种! 你拿上我这块令牌,立即去把你儿子传来见我!"

老汉再三拜谢后,拿上令牌就回家找儿子去了。他儿子一见令牌,吓得拔腿就跑,老汉跟后就追,儿子年轻力壮跑得快,老汉年老体弱跑得慢,越追距离拉得越远。老汉急了,顺手从地上拾了块半截砖头,朝儿子身上砸去。不料,迎面过来个卖锅的后生,儿子一闪身,砖头落到了锅挑子上,只听"咣啷"一声,两口铁锅给砸破了。

卖锅后生恼透了,抓住老汉吵闹起来,那忤逆子趁机逃掉了。卖锅后生一定要老汉赔锅,老汉作揖求饶不顶用,两个人拉拉扯扯去县衙评理。

此时醉官坐在大堂上没事可干,忍不住又喝起酒来。正喝得来劲,看见老汉扭着个年轻人进来了,以为这年轻人就是那个忤逆子,于是把惊堂木一拍,怒喝道:"呔! 大胆蠢材,你可知罪?"

卖锅后生见县太爷冲着自己发火,不知怎么回事,急忙跪下喊道:"大老爷,我冤枉啊!"

"你有何冤枉?"

"是他砸烂了我的锅,我没有错呀!"

醉官冷笑道:"他砸你的锅活该! 你不管他吃饭,他能不砸你的锅? 别说是他,我是他爹,也要砸你的锅!"

卖锅后生一听急了:"大老爷,他、他,他不是我爹! 我不认识他!"

醉官一听更加恼火,喝道:"好个忤逆不孝之子,竟敢当堂不认亲爹!"

老汉见县太爷认错人了,急忙解释:"大老爷,我不是……"

醉官截断他的话头儿:"你没有不是,都是他的不是! 你不必害怕,不要插嘴,老爷一定替你作主!"接着命令衙役:"来呀! 把这个孽子拉下去重打二十大板,看他还敢不认亲爹!"

卖锅的后生被打得杀猪般的嚎叫起来:"别打了,我认他是我爹行不行?"

醉官得意地笑道:"真是敬酒不吃吃罚酒! 既是你亲爹,你就跪着喊他一声,叫老爷听听。"

卖锅的万般无奈,只得跪在老汉面前,羞羞答答地喊了一声"爹"。老汉再也忍不下去了,一把拉起卖锅的,对醉官说道:"老爷,我的确不是他爹呀!"

醉官这时酒劲上来了,指着老汉怒吼道:"你这蠢老头儿真不识抬举! 来呀,给我拉下去打——"话还没说完就有些迷糊了。

衙役们等了半天听不到下文,齐声问道:"老爷,你让打多少?"

醉官醉眼乜斜,伸出三个手指摇晃着说:"给我打、打三斤!"说完,伏在案上打起了呼噜。

衙役们冲着老汉和卖锅的后生使了个眼色,两人赶紧跑出了大堂。

（曹宗鑫）

不许说「子」

　　从前,有个县官,想吃鸡蛋,让仆人去集市上买。可仆人转了一圈,空手而归。

　　县官问:"你买的鸡蛋呢?"

　　仆人说:"老爷,集市上没有鸡蛋。"

　　县官生气地说:"带我去看看,我就不信,偌大一个集市,会没鸡蛋。"

　　县官到集市上一看,只见集市上白花花的满是鸡蛋,气恼地说:"这不是鸡蛋吗?"

　　仆人忙说:"这不叫鸡蛋,这叫鸡子。"

　　县官说:"笨蛋,蛋就是子,子就是蛋,以后只许说蛋,不许说子。"

一天,县官的儿子骑着一匹骡子外出游玩,走到一个亭子前,骡子不小心踢翻了叫花子煮豆子的盆子,撒了豆子。

叫花子一见,便拿起棍子打骡子,骡子一惊,把县官的儿子摔了下来。

仆人赶忙回去报信:"老爷,大事不好。"

县官忙问:"何事惊慌?慢慢道来。"

仆人说:"公蛋骑着骡蛋出去游玩,走过一个亭蛋,里面有叫花蛋用盆蛋煮豆蛋,骡蛋不小心踢翻了盆蛋,撒了豆蛋,叫花蛋拿棍蛋打骡蛋,骡蛋一惊,把公蛋摔了下来,现在生死不明!"

县官气得两眼一瞪,骂道:"你这个混蛋!"

(焦崇慧)

农夫分鸡

从前，有个靠种田过日子的农夫，他虽然很聪明，但家里却很穷。

这天，他想把家里的一只老母鸡进贡给国王，能得到一点赏钱。于是，他带着鸡，来到王宫。

见到国王，他说："尊敬的国王，我把家里仅有的一只老母鸡进贡给您！"

国王看看鸡，不屑一顾地说："咱家有六个人，我、王后、两个儿子和两个女儿，你一只鸡怎么分呢？"

农夫想了想，说："这好办，您是一国之首，应该吃鸡头；王后整天坐在家里，无所事事，应该吃鸡屁股；两个公子总是跟着您落脚办事，应该吃鸡脚；两个公主总是要远走高飞的，应该吃两只鸡翅膀；我到这里来是客人，其余的应该给我吃。"

国王听了农夫的话，觉得很有道理，便赏了他很多银两，农夫回去后，发财了。

一个财主听说农夫拿一只鸡发了财，他立刻拿了五只鸡去进贡国王。

见到国王后，国王又如此跟他说一番。

财主摸着头，不知该怎样分。

国王又把农夫找来，问他分鸡的方法。

农夫想了想，说："这好办，你和王后得一只鸡，你的两个公子得一只鸡，你的两个公主得一只鸡，其余的两只鸡，便是我的了。"

国王问："为什么？"

农夫说："你、王后加一只鸡得三；两个公子得一只鸡加起来得三；两个公主加一只鸡得三，我加两只鸡也得三。"

国王听了，觉得很有道理，又给了农夫许多财宝。

（肖文强）

傻 人 可 悲

傻瓜们自恃着聪明,免不了被聪明误了前程。

王班长被锁

那年,县保安队有一个姓王的班长,一次奉命去邻县抓一个杀人越货的逃犯,这一天,他带两个士兵出发了。

一路上,王班长对两个士兵说:"这次你们两个要多卖点儿命,抓到了逃犯之后,我把响当当的光洋赏钱全给你们,我本人一文也不要。可如果抓不到哇,哼哼……"

两个士兵见王班长做了一个砍杀的动作,知道这回出门不是好玩儿的,便回答说:"小的一定卖命! 一定卖命!"

王班长说:"光出力卖命还不行,大家要放机灵点儿,莫要一个个尽像苕老二一样!"

两个士兵点头回答说:"是,是,不像苕老二!"

头天晚上,三个人在一家栈房住下。

到了后半夜,天下起大雨,一个士兵出门去屙尿,从半夜子时一直屙到鸡叫三遍,仍不见他回来。

王班长感到奇怪,心想:莫非这家伙怕抓不着逃犯被杀头,开了小差?于是忙起身走到大门外边,见那士兵还站在屋檐下屙尿,便奇怪地问:"你怎么一泡尿屙这么长时间?是牛尿也屙完啦,快回去睡觉,明天还要赶路呢!"

兵士说:"报告班长,我尿还没屙完呢!"

班长说:"你从半夜屙到天快亮了,哪有这么多尿啊?"

兵士说:"还在流呢,班长你听,我屙的尿还在流得'哗哗'响呐!"

"真稀罕!"王班长凑拢去低头一看,便大骂起来,"你他妈的哪在屙尿,那是屋檐水滴得响,你这个苕老二还能跟我出去抓逃犯吗?你给我滚回去!"

第二天,王班长只得带了一个士兵继续往邻县进发,晚上又找了家栈房歇息。

这天夜里没有下雨,但天气有些燥热。睡到半夜,王班长老是感到有人在搔他的大腿。开始他没在意,翻了个身又"呼噜噜"睡着了。但他迷迷糊糊中,又感到有什么东西在搔他的大腿。他轻轻地坐起来拨亮灯一看,原来是与他同床的那个士兵在抠他的大腿。

他说:"你这个鬼兵罗,老子大腿不痒,你抠啥子?"

士兵说:"你大腿不痒,我大腿痒呀,抠了大半夜,怎么还不止痒,真是怪事!"

王班长一听来了火,大骂道:"难怪老子一夜没睡着,原来是你这蠢东西在搔抠,你连你的大腿和我的大腿都分不清,你还抓得到逃犯吗?你给老子滚回去!"

第三天,王班长一人上了路,直奔邻县。还算走运,邻县衙门早把那个逃犯抓住了,把他交给王班长。

　　王班长用链子把逃犯拴起来，往回赶路。他一路走一路想：老子捡了个大便宜，该一人独吞赏钱了，幸亏把两个苕东西打发回去，有他们两个掺和在一起，老子是一分赏钱也得不到的。

　　当晚，仍在来的那家客栈落脚，王班长想：今天晚上只有我一个人，莫让逃犯溜掉了。于是就和逃犯同睡在一张床上，为了保险一些，又把那铁链子的一头拴在床架子上。这才安心地睡了。

　　睡到半夜，那逃犯听到王班长呼噜大作，就偷偷起床把铁链子解开，又把王班长轻轻地捆上，这才蹑手蹑脚地跑掉了。

　　王班长一觉醒来，生怕逃犯跑了，一拉铁链子，链子还在"哗哗"地响，另一端仍然拴着一个人。他心里高兴地想：逃犯还在，还在！

　　可过了一会，他觉得有点儿不对劲，睁开眼睛一看，自己的身子已被铁链子拴着，他连忙问自己："那我呢？我呢？我王班长跑到哪里去了？"

（宁发新）

我们是傻瓜

　　圣马力诺有两个傻瓜,这里的居民们每天都在谈论他们的傻事,但他们总不承认自己是傻瓜。

　　有一天,他们在一起商量怎样才能证明自己不是傻瓜。他们想啊,想啊,想了很长时间,一个傻瓜才说:"我们去问法官好吗?"

　　"不好,"另一个回答说,"我不去。"

　　"为什么?"

　　"一个月前,我向法官控告邻居们用棍子打我,但是法官把我赶走了。"

　　"为什么呢?"

　　"因为我对他讲,我做了一个梦,梦见邻居打我,所以我要法官惩罚他们,可法官竟这样不讲道理。我看,我们还是去找店老板吧,他比谁都聪明。"

"哎哟,我可不愿去找店老板。"先前一个傻瓜说,"上星期我去买鞋子,他递给我一双,我一看,两只鞋子不是一个方向,我就向他要两只相同方向的鞋,店老板却说:'如果你想要两只相同方向的鞋,那么你就该买两双鞋!'天底下哪有这样的大傻瓜?一句话,气得我头也不回地走了。"

他们又思考起来。想啊,想啊,最后决定去找当地主教,因为神甫在教堂里说过:"主教从来不犯错误。"

他们来到教堂,按规矩吻了主教的鞋,然后就开始诉说:"最神圣的主教,圣马力诺的居民叫我们傻瓜,可是我们不承认。现在请您来裁决:如果我们真是傻瓜,您就说我们是傻瓜;如果不是,那么您就下令,让圣马力诺居民从此以后承认我们是聪明人。"

主教听了两个傻瓜的诉说,立即表示同意。不过他要一个傻瓜说说,居民们第一次叫他傻瓜是因为什么。

"是为了这件事。"这个傻瓜回答,"五年前的一天早晨,母亲叫我到小河边打水,我就取了木桶和竹篮子去了,我用竹篮子打水一直打到晚上,桶里的水还是一滴没有,这时,我母亲跑来看到了,她就骂我是傻瓜。从这以后,居民们就'傻瓜、傻瓜'地叫我。"

主教听到这里,笑了笑,然后问第二个傻瓜:"那么,你是怎么被叫作傻瓜的呢?"

第二个傻瓜说:"记得那一天,我奶奶叫我去地窖里取牛奶,地窖的门很低,我的身体进去了,可我的头进不去,我就退回来,要求奶奶把地窖的门拆得高一些,可奶奶骂我是傻瓜。以后,'傻瓜'就被居民们叫开了。"

主教听完了他们的话,想了想,就叫佣人把一只老鼠放在小盒子里,然后把盒子给了两个傻瓜,说:"这里面放着我对你们的裁决。不过,你们在回家途中,千万不能打开。如果你们打开盒子,把里面的裁决放跑了,那你们是确确实实的傻瓜!"

傻瓜们拿了盒子,又吻了吻主教的鞋,回家了。

他们回到家里,把房间的门锁上,把窗户关好,然后迫不及待地打开盒子,只见从里面跳出来一只东西。

两个傻瓜以为这就是主教的裁决,赶紧扑上去捉,而老鼠却已经钻进洞里不见了。

两个傻瓜互相看了一眼,说:"没办法,我们放走了主教的裁决,就是说,我们确实是傻瓜。"

(姜　蔚　编译)

潇洒摔一跤

　　道尔吉喜欢新鲜刺激,哪里热闹就往哪里钻,常常做出一些傻事儿来。近来,他看见人们特别是那些后生小伙子们骑着摩托车满世界飞跑,很是风光,惹得心痒眼热,很想买一辆。于是他回家对妻子说:"咱也买一辆,潇洒它一回。"

　　妻子拗不过丈夫,同意了。夫妻俩筹足了钱以后,道尔吉就托人到城里买回一辆簇新的摩托车。

　　摩托车买回家,可道尔吉左摸右摸,就是骑不了。他搔搔头皮,决定去请教会骑摩托车的嘎生。

　　他来到嘎生家,嘎生正在喝酒,听说道尔吉买了辆摩托车,先是向他恭喜了一番,尔后告诉他如何骑车、怎么发动、怎么上挡、怎么加油,最后说:"骑摩托车小事一桩,没什么技术,只要有胆量就成。"

道尔吉一听,心想:原来如此,我有的是胆量。于是跑回家,推出了摩托车,按照嘎生吩咐的要领,用脚一踩,摩托车"嘟嘟嘟"欢叫起来。摩托车叫得欢快,道尔吉更是欢喜万分,只见他飞身骑了上去,上挡、加油,摩托车"呼"的一下冲了出去。

道尔吉像位出阵的将军,昂首挺胸,目视前方,摩托车越跑越快,耳边"呼呼"生起了阵阵清风:"哈哈,这家伙真快,和骏马一样。"他疯跑了一阵后,想到应该回家让妻子瞧瞧,于是便绕了个大弯,向回家的方向跑去。

但到了家门口,却停不了车,摩托车照样欢快地跑着,道尔吉想下也下不来了,这才想起嘎生那小子醉里醉乎地只告诉了自己如何发车、上挡,却没告诉该怎么停车、摘挡。

道尔吉下不了车,只得绕着自家的屋子一圈一圈地绕圈子。绕了几圈还停不下来,不由着了慌,手一哆嗦,车更快了。道尔吉吓得"呵呜——呵呜——"大叫起来。

坐在家里的妻子循声出来,看到道尔吉骑着摩托车绕着房子转圈,嘴里还不停地"呵呜",心想:这小子总是高兴得发疯,可真够潇洒的。她便倚在院门口,两手交叉在胸前,欣赏道尔吉潇洒走一回。可是,只见丈夫一圈又一圈地飞转,却不停下来,再一听,那"呵呜"声音也变了,妻子这才知道不对劲。

妻子看着在绕圈圈的丈夫,猛地想起圈里有匹马没出场,忙到圈里牵出家里的枣红马,操起套马杆,飞身上马,向道尔吉追去。待距离逐渐靠近时,她像套牲口一样一挥杆,"呼"一声套住了摩托车上的道尔吉,手上再一使力,道尔吉被拽了下来。可是摩托车仍旧向前狂跑了十来米,才"通"地倒在地上,而它那两个轮子还在朝天高速旋转。

跌了个嘴啃泥的道尔吉从地上爬起来,摸摸摔痛了的屁股,拍拍身上的尘土,看着飞旋的轮子,傻乎乎地连声道:"这家伙,厉害,厉害! 不好玩,不好玩!"

（周　锴）

躺下才看见

　　有个农妇心肠很好，就是脑子有时不大转弯。她的丈夫不幸死了，在好心人撮合下，她又嫁给了另一个农夫。因为前夫对她非常好，所以她仍时常怀念她的前夫。

　　有一天，农夫下地干活去了，农妇坐在院子里晒太阳，心里又在想她的前夫。

　　这时，有人敲门。她打开门一看，门外站着一个穿着破旧的老头。

　　老头有气无力地说："行行好，夫人，给点吃的吧，我走了很远的路，都饿坏了。"

　　农妇赶紧请老头进屋，又去端来了面包和馅饼，老头真是饿坏了，三口两口吞了下去。

农妇又给他倒了一杯水,说:"您慢慢吃,吃完了休息一下。"

老头边喝着水,边与农妇聊起天来。

农妇问:"您从哪儿来?"

老头脑子一转,狡黠地说:"天堂,我从天堂来。"

农妇信以为真,赶紧问:"那您有没有见过我的前夫,他叫约翰。"

老头用手敲着脑袋:"让我想想,约翰? 唉呀,我想起来了,就是这个约翰! 唉呀,他可不好,快完了!"

农妇紧张地催老头说下去。

老头一本正经地说:"约翰呀,因为见不到你,染上了酗酒的毛病,他所有的钱都用来买酒,钱用完了,他就去偷,偷了人家的金币,被人家抓住了,毒打一顿,人家说不还钱就折磨死他。唉呀,可怜呀!"

农妇听了忍不住号啕大哭起来:"苦命的约翰呀,你怎么去酗酒呢? 你怎么去偷钱呢?"

老头故作同情地说:"夫人,哭有什么用,快想办法救人呀!"

这时,农妇的脑海里出现了前夫被毒打折磨的样子,她一边痛哭一边爬上阁楼,一会下来时,手里拿着一个布袋子。

农妇小心翼翼地打开布袋,里面五个金币闪闪发光,她把布袋交到老头手里,说:"好心的人哪,麻烦您跑跑腿,去把我那可怜的约翰救出来吧!"

"夫人放心,我马上赶回去救约翰。"老头说着,接过布袋,匆匆出门走了。

当农夫从田里干完活回来,见农妇正哭得一塌糊涂,问了好半天,才知道事情的经过。

农夫气得暴跳如雷,骂道:"你这个蠢婆娘,受骗了啊,快把我的马牵来!"

农夫骑上马,照老婆指引的方向追去。

　　再说那个老头,骗到五个金币后快活死了,他走了一段路,觉得有点累,就坐下来歇口气。他刚坐下,突然看见远方尘土飞扬,一个人骑着马飞奔过来,他想:不好,有人追来了!逃是逃不了了,他见路边有条小沟,沟里长满了青草,立刻就躺了下去,一动不动地两眼望着天。

　　农夫追到跟前,正想揪住老头,见老头聚精会神地看着天,他也下意识地看看天,可天上什么也没有。

　　农夫抑制不住好奇心,问:"你在看什么?"

　　"啊,天上有一个人,长了两只翅膀在飞呢!"

　　"哪里呀? 我怎么看不见?"

　　"你躺到我这个地方来就看得见了。"

　　老头爬起来,让农夫躺到他刚才的位置。

　　谁知农夫刚刚躺下,老头就一步上前,跨上农夫那匹矫健的黑马,一溜烟儿地跑了。

(黎　晓　改写)

句句不离吃

在一个小集镇上,住着两口子,男的精明能干,女的却差心眼儿,而且又懒又馋,所以常常挨打。

一天早上下起雪来,两人还没起床,男的白天累了一天,又困又乏,躺在床上懒得动,便催女的起来,看看雪下了多大。

女的舍不得离开热被窝儿,欠起身子向窗外看了一眼,说:"雪下得有薄饼厚了。"

待了一会儿,男的又问:"这会儿有多厚?"

女的又欠欠身子朝窗外看了一眼,说:"有烧饼厚。"

男的有些不高兴了,瞪她一眼,过了一会儿又问了一遍,女的大声嚷道:"噫!这会儿足有锅盔厚了!"

男的一听再也忍不住了,跳起来骂道:"你这个贪嘴的婆娘,句句话离不了吃食!"说着抡开巴掌,狠狠地给了她一耳光。

女的用手一摸,哎呀! 腮帮子上起了个大包,就一屁股蹲到地上哭叫起来:"狠心贼手恁重,一巴掌把俺的脸上打出个肉包子!"

男的一听气得哭笑不得,干啧嘴没啥说。

女的挨了打,躺在床上不起来做饭,男的只好自己动手。一看馍吃完了,就烙了个锅盔。因没干过这活,在翻锅盔时锅铲把锅戳漏了。

吃过早饭,男的又要出门干活,临走时交待妻子说:"咱的锅破了,有补锅的来,给它钉补钉补。"说罢,留下三个钱就走了。

女的倒极认真,一直捏着三个钱坐在门口,等补锅的到来。等呀等呀,直等到小晌午,才等来了个补锅的,女的赶紧喊住他,拿出破锅让他补。不多一会儿,锅补好了,补锅的把锅交给女主人,说:"补了两个疤,你就给两个钱吧。"

女的看了看手里拿着的三个钱,问:"三个钱中不中?"

补锅的一听,知道她是个数都不识的蠢女人,就改变了主意,说:"大嫂,钱我不要了,天都快晌午了,你给我拿两个馍妥啦。"

女主人想了想,说:"哎哟,俺家没馍了,给你两块锅盔中不中?"

补锅的一听高兴得差点笑出声:锅盔比馍更好吃么,就满口答应。女的进屋拿出两大块锅盔,补锅的接过来,挑起担子就走了。

蠢女人自以为办了一件便宜事,心里美滋滋的。不一会儿男人回来了,问她锅补好了没有,女的赶紧向丈夫表功:"补好了! 补好了! 人家跟我要俩钱,我就问他:'三个中不中?'后来人家又不要钱了,向我要两个馍吃,我又问他:'馍吃完了,有锅盔中不中?'……"

男人听她说了这些傻话,顿时火冒三丈,没等她说完,"叭叭"给了她两巴掌,骂道:"你这个蠢货!仨钱不比两钱多?难道锅盔不是馍?"

女的很委屈,坐在门槛上一行鼻涕两行泪地边哭边说:"老天爷呀!叫俺补锅俺补锅,谁知道仨钱不比两钱多?谁知道锅盔不是馍……"

(曹宝泉)

打断一条腿

有个财主姓王,因为他满脸麻子,人家就背后叫他王麻子。王麻子贪财吝啬,自以为聪明,却往往做出一些傻事来。

有穷哥俩,为埋老娘向王麻子借了二十两银子。不料刚过了两天,王麻子就来要账,弟兄俩还不出,只好到王麻子家里干活抵债。他俩每天是鸡叫头遍下地,顶着星星回家,还得担水、喂猪,忙得连个放屁的空儿都没有。老二对老大说:"哥,咱们这样干活,吃龙肉也不上膘,非把身子累垮不可。"老大说:"那有啥办法呢?"老二说:"我有个办法能把王麻子教训一顿。"老二把自己想的法子向哥哥一说,他哥说好,就这样办。

第二天一早,王麻子又来催下地,隔窗听见弟兄俩在说悄悄话,他就支楞起耳朵偷听。只听老二说:"哥,我做了一个梦,梦见掌柜后院的槐树上有个老鸹窝，老鸹窝上有一根草，叫仙人草，拿住这根草，别人看不见自己，自己能看见别人，你说怪不怪？"老大说："小声点！别叫掌柜听见。今晚天黑时，咱们上去看看，把它拿下来，再不用给王麻子干活了。"

王麻子一听差点笑出声来：嘿嘿，穷小子想不让我知道，偏偏叫我听见了。他赶紧跑到屋里，和老婆抬了一架梯子出来，往槐树上一靠，爬上去一看，真有一个老鸹窝！可里面放了好些草，哪一根是仙人草呢？王麻子想了个办法，拿起一根草问树下他老婆能看见他不能，老婆说能，他就换一根再问。这样问了几十遍，老婆把脖子都累酸了，不耐烦地说了声："看不见！"王麻子一听，高兴得眼泪都流出来了，拿着这根"仙人草"就爬了下来。

第二天，王麻子带着这根仙人草到街上偷东西。他走到一个卖梨摊儿前，拿了个梨，试试看灵不灵。卖梨的看见了，本想喊叫一声，又一想：一个梨不值几个钱，拿走算了。这下王麻子可高兴坏了：这仙人草真灵！偷东西谁都看不见！下回得偷值钱的东西。

他来到一家金货铺里，从柜台上抓起一副金手镯就想走。几个店伙计看见了，赶上去抓住他，往地上一按就打了起来。王麻子得意地说："嘿，不管你怎么打，反正看不见我！"不多一会儿，他的腿就给人家打断了。

伙计们把王麻子抬回家里，问他是咋回事，他得意地说："多亏我有根仙人草隐身，他看不见我的头和身子，只好在我的腿上打了几下子，不然我脑袋早开花了。"

（曹宝泉）

酸秀才行乞

　　早年,有个酸秀才是个书呆子,原本什么都不懂,却经常自我炫耀:"秀才不出门,便知天下事——世上万物没有我不知道的!"

　　这一天,他到一个饭馆里吃饭。堂倌先给他拿来几只咸鸡蛋,他一吃,连声称赞:"嗯,这东西又香又咸,真好吃!"

　　旁边有个食客想出他的洋相,故意问他:"秀才先生,你读书破万卷,啥都知道,你可知道这咸鸡蛋是怎样得来的吗?"

　　书呆子一听傻眼了,吭哧了半天回答不上来,只好苦着脸说道:"这样的难题,孔夫子在世也不一定回答得出来,容我再想想。"

　　这时,堂倌又给他端来一只卤鸡。他接过来啃了一口,哎哟,好咸!他恍然大悟,得意地对那位食客说道:"嘿!我知道了,这咸鸡蛋一定是卤鸡下的!"

众人一听,哄堂大笑,他还以为人家赞扬他呢,高兴得摇头晃脑。

过了一会儿,堂倌给他端来一碗糖圆儿。他不知道刚出锅的糖圆很烫,迫不及待地夹起一只就送到了嘴里,一口咬下去,哎哟,好烫!烫得他直摆头。吐出来吧,观之不雅,只好一伸脖子,把它咽了下去。谁知咽下去后烫得肚子疼。书呆子把筷子往桌上一扔,愤愤地对堂倌嚷道:"谁叫你给我端来一碗'烧心蛋'!欺我不识货吗?"说罢不等堂倌解释,便拂袖而去。

书呆子怒气不息,来到另一家饭馆,问堂倌有什么现成饭,给他端一碗上来。堂倌一听不敢怠慢,赶紧给他端上来一碗饺子。他接过来一看,惊叫道:"我不吃!这是'烧心蛋',长了耳朵我也认识!"又引来一阵哄堂大笑。

可是,就是这么个活宝,还硬充古董鉴赏家呢,见了人家的古董摆设,总要评头论足一番,以显示自己的学识水平。而有些人就投其所好,弄些假东西卖给他,大赚其钱。

这一天,有个古董商找到门上,小心翼翼地从怀里取出一块又破又脏、而且还散发着骚气的布头儿,请他鉴别。书呆子捂着鼻子凑近看了一眼,不屑地说:"咳,这不是一块尿布儿嘛!"

那古董商一听,赶紧给他戴高帽:"哎呀,先生真是好眼力!这的确是块尿布!不过——"他话锋一转就胡编瞎吹起来,"这可不是普通人的尿布,而是当年小阿斗初生时使用过的尿布!这件无价宝是刚从古城新野的地下发掘出来的,除了你恐怕没人能识别呀!"

书呆子越听心里越舒坦,并对这块破尿布爱不释手,求古董商务必把它卖给他。经过一番讨价还价,最后成交了,他拿出家里的全部银两,买下了这件一文不值的"无价宝",还把它高悬在客厅里,向人炫耀呢。

过了几天,又有个古董商登门造访,拿出一根四五尺长、鸡蛋粗细的枣木棍,请他鉴别。他拿在手里掂了掂,说:"这不是一根叫花子用的打狗棍么!"

"是呀,可让你说着了!"来人也是口若悬河,"这就是东汉光武皇帝不得意时当叫花子用过的打狗棍哪! 比你这块三国时的尿布还早好几百年哩! 再说啦,阿斗算个啥? 一个亡国之君罢了,而光武帝刘秀可是复兴汉室的有道明君哪! 你仔细看看这根'龙杖',木质多么细腻! 上面还有光武帝亲手刻下的诗哩,可说是一字千金哪!"

书呆子又给吹迷糊了,卖了全部田地,买下了这根被誉之为"龙杖"的打狗棍,并把它作为神物,供奉在自家堂屋的神案上。

又过了些时候,有人又给他带来一只黑陶碗。这人吹得更邪乎,说这是西汉开国皇帝刘邦用过的御碗,乃是地地道道价值连城的国宝,比阿斗的尿布和刘秀的打狗棍年代都久远得多,也值钱得多。书呆子二话不说,卖掉了全部房屋、家什,买下了这件所谓的稀世古董。

这下好了,书呆子以为三件汉代奇宝都归他一人所有了,高兴得简直有些得意忘形。可遗憾的是他已经没有饭吃、没有地方睡觉了,终于沦为了一个乞丐。就这样,他披着阿斗的破尿布,拄着刘秀的打狗棍,端着刘邦的黑陶碗,沿门乞讨。人们看着他这副既可怜又可笑的狼狈相,忍不住摇头叹息。可他却不以为意,还在念念不忘收集古董,终日直着嗓子沿街吆喝:"有钱无宝不为富,有宝无钱不为贫! 哪位君子发善心,有汉代古钱给一文,和我这三件古董凑凑群……"

(曹宝泉)

学 话 出 丑

能使愚蠢的人学会一点东西的，并不是言辞，而是厄运。

吉利不利

从前,有个姓王的员外,他有个傻儿子叫王旺。王员外希望傻儿子王旺长大能做官,就专门请了一位很有学问的私塾先生教他读书识字。

私塾先生教书很认真,怎奈王旺是天生的傻子,学了十年,南瓜大的字还认不到一箩筐。

这年,王旺二十岁,王员外要他上京城去赴考,先生明晓得他的底细,但也无可奈何。

临行前,王员外再三嘱咐那个护送的书僮:"一路上不准对少爷说不吉利的话。"书僮满口应承。于是,主仆两人上了路。

王旺自幼生活在深宅大院,第一次出门,他对外界的一切都很感兴趣,见到一样问一样。

一天,两人走到乡间,见一农夫挑着满满的两桶粪,王旺问书僮:"那桶里装的啥子?"

书僮本想回答挑的屎,可"屎"与"死"同音,说出来不吉利。书僮只得说:"少爷,那人挑的是两桶黄辣酱。"

两人走到山上,看见几个人抬着一口棺材。王旺问书僮:"他们抬的啥子?"

书僮本想回答抬的死人,但怕不吉利。只得变个名称回答:"少爷,他们抬的是逍遥床。"

两人走进县城,看见街边一个衣衫破烂的妇人,左手拿了根打狗棍,右手拿着一只破碗,正沿街讨口。王旺问书僮:"那个人是做啥子的?"

书僮本想回答是讨口的,可他不敢照实说,因为讨口是不吉利的话呀,只得说:"少爷,她在挨门闯。"

主仆两人来到京城,王旺为讨个吉利,他命书僮说几句吉利的话他听,这可难着了书僮,但主人的命令又不敢违背,只好根据一路见闻编了一首四言八句:"少爷本姓王,进京赴考场;饿了吃的黄辣酱,黑了睡的逍遥床;子孙都去挨门闯,福寿都有拇指长。"

傻少爷听了,连连点头赞许道:"好!好!"

(杨零零)

只会一句

　　张大户养了三个宝贝女儿。三个女儿先后都出嫁了。大女婿、二女婿都是读书人，能说会道；三女婿是个庄稼汉，因害了一场病，变成了个傻子。三姑娘心高气傲，想想两个精明能干的姐夫，再看看呆头呆脑的丈夫，心里很不好受。

　　这一天，张大户六十大寿，三个女婿都要去给他拜寿。三姑娘怕傻丈夫到娘家出洋相，临走时交待他说："憨东西，这次去做客，说话要有分寸，可莫让两个姐夫笑话咱！"

　　傻子问："那我说啥哩？"

　　三姑娘想了想，说："这次是去庆寿，说话要多带'寿'字。还有，俺爹特别喜欢他那把古铜茶壶，逢客人就让人家估量茶壶有多重。那茶壶有三斤半重，他若让你估量时，你一点也不要多说,一点也不要少说,俺爹保险会夸你聪明！记住没有？"

傻子点点头说:"记住了！"

傻女婿提着一篮子挂面和一篮子鲜桃,拜寿去了。到了岳父家,他把两篮礼物往桌上一放,说:"请岳父大人收下这两份寿礼！这一筐是寿面,这一筐是寿桃。"

张大户一听喜笑颜开:都说三女婿傻,说话蛮照齿么！于是亲亲热热地把他让到客位上,和两位连襟坐在一起。傻女婿见丈人这么喜欢自己,就口口声声不离"寿"字,见了贺联他说"寿联",见了蜡烛他说"寿烛",张大户越听越高兴。傻女婿忽然对两个连襟说道:"两位哥哥请看,咱岳父光着寿头,穿着寿衣,坐着寿木,胖胖的寿身一点也不显瘦！"

大女婿、二女婿一听忍不住直想笑。张大户也愣住了:这话是怎么说的？我这人头怎么成了兽头,人身成了兽身呢？再说,寿服、寿木都是死人用的东西,怎么也套到了我这寿星的身上了呢？哼,真不会说话,忍不住瞪了三女婿一眼。

傻女婿又傻笑笑,说:"你别瞪寿眼,快吃寿饭吧！"

张大户一听更生气:得了！我这眼成了兽眼,我这饭也成馊饭了！可当着众人的面不好发作,只好揉揉肚子忍住了。

吃过饭,张大户陪三个女婿坐着喝茶。他掂起那把心爱的铜茶壶,为客人们斟上茶,又顺口提出了老问题:"三位贤婿,你们估量估量,我这把茶壶有多重？"

大女婿先开口:"总有四五斤重吧？"

张大户摇摇头:"不对不对,亏你是个读书人,连把茶壶的重量都估不出来！"大女婿闹了个大红脸。

二女婿想了想,说:"这把茶壶不会低于两斤重！"

张大户追问:"说准确些,有几斤重？"

"二斤半,对不对？"

"还不对！还不对！"张大户哈哈一笑,说,"你们的书都读到狗肚里了,真不中用!"二女婿也窘得面红耳赤。

张大户瞥了三女婿一眼,问:"小三家的,你能估出来吗?"

傻女婿随口说道:"不用估,不用算,这把茶壶三斤半!"

张大户一听又惊又喜,大声夸赞道:"对!对!还是小三家的聪明!别看口才不咋样,肚里却有数——内秀哇!哈哈哈,三女儿能嫁给这样的丈夫,也算有福气呀!"

傻女婿一听,高兴得不知东南西北了。大女婿、二女婿心里却很不舒服:这傻家伙瞎猫逮个死老鼠,却被岳父抬这么高,倒显得自己无能了!不行,得将他一军,出出他的洋相!于是,两人同声说道:"岳父大人,估一把小小的茶壶不作准,能不能让小三家的再估量两件大物件,看看准头不准头?"

张大户捋着胡子说:"嗯,我也正有此意。既然你俩不服气,可以随便指两样东西,让他再估算估算。"

"好吧。"大女婿转脸问三女婿,"你估算估算,咱岳父的寿头有多重?"

傻女婿脱口说道:"不用估,不用算,岳父的寿头三斤半。"

大女婿、二女婿跳起来说道:"胡扯!咱岳父的寿头又肥又大,咋会只三斤半重?"

傻女婿哼一声说:"不信割下来称称!"

张大户一听吓一跳,忙说:"不用称!不用称!我这头不多不少正好三斤半!"

傻女婿得意地说:"怎么样,我一说一个准吧?"大女婿无话可说了。

二女婿看见院子里放了个大碾盘,接着问道:"贤弟,你估算估算,院里那个石碾盘有多重?"

傻女婿照旧不假思索地回答道:"不用估,不用算,这个碾盘三斤半。"

大女婿、二女婿同声嚷道:"越发胡说了,这么大个碾盘哪能只有三斤半重?"

傻女婿嘴一撇,说:"不信拿秤称称看!"

二女婿也无话可说了——没有那么大的秤呀。

这时,张大户看他老太婆进来了,心里一动:这不是个能用秤称的活物嘛! 于是指着老伴问三女婿:"小三家的,你再估估你岳母有多重?"

傻女婿还是老话:"不用估,不用算,老岳母不多不少三斤半!"

张大户发火了:"你怎么就会说这一句话,莫非只说这一个数?"

傻女婿嘻嘻一笑,说:"不信拿秤称称么。"

张大户生气了,真的拿来一杆大秤,吊在门框上,让老伴抓住秤钩子,悬挂起来过秤。不料还没称出重量,秤钩系绳给压断了,老太婆"扑通"一声摔在地上,吓得尿了一裤裆。

傻女婿一看满地的尿水,气呼呼地对张大户说道:"老岳父哇老岳父,你真会糊弄人! 你把俺岳母兑上水叫俺估,俺咋估得准哩? 你就是靠掺杂兑水发财的吧?"

(曹宝泉)

一辈一个

　　父亲养了一个傻儿子，快三十岁了，儿子还没一个称职的工作。后来，父亲好不容易在一家报社给儿子争取到一个面试记者的机会。

　　为了不让儿子在面试时出丑，父亲急忙教儿子："如果监考员问起门前的大树，就回答说年成不好，卖了；如果问屋后的竹园，说兵荒马乱，糟蹋了；人家要是看见仓里的粮食，就说这都是爹妈苦挣的；要是看见墙上的大学毕业证书，就说这不奇怪，我们家一辈一个。"儿子把父亲的话背得滚瓜烂熟，只等监考人员到来。

　　过了三天，监考人来了，父亲为了让儿子露一露脸，故意躲了起来，叫儿子一个人去应付。

　　监考人看儿子一个人来应试,便问道:"你父亲上哪儿去了?"

　　儿子按着背好的顺序回答说:"年成不好,卖了。"

　　监考员一听,皱起了眉头,又问:"那么你母亲呢?"

　　儿子又回答说:"兵荒马乱,糟蹋了。"

　　监考人见他说话不着谱,就望着前面门口的一堆牛粪,一语双关地说:"这里的牛粪堆头倒不小,尽是粪尿!"

　　儿子连忙接着说:"这些都是我爹妈苦挣的。"

　　监考人实在忍不住了,说:"你怎么这样傻呢?"

　　儿子回答说:"这不奇怪,我家一辈一个。"

　　监考人只得摇头叹气,说:"这样的人能当记者吗?"

(江　杨)

骗了没有

　　有个书生叫张玉通,有一天去看望朋友李文平。不料李文平没在家,张玉通和他的妻子攀谈了几句,就告辞出来了。张玉通回到家,连声夸奖说:"李仁兄真有福,娶了这么好的一个妻子。"张玉通的妻子乔氏听了不免有些醋意,推了他一下说:"亏你还是读圣贤书的,怎么看上人家的老婆了?"张玉通摆摆手说:"你误会了,我是说她特别会说话,说出来的话叫人爱听。"乔氏问:"她怎么会说话?"

　　张玉通说:"我和李仁兄是初交,头一回去他家,没见过他妻子。我一去先通姓氏,她问我:'张仁兄是姓弓长张还是立早章呀?'听听,多会说。"乔氏不服气地说:"这谁不会!"

　　张玉通又说:"李仁兄不在,我也不便马上就走,得说上几句话。于是顺手就拿起床上一只刚做好的鞋问她:'这可是嫂夫人的手艺?'你猜她怎么说?她说:'这是灯下做的,要是白天也许会好一些。'真叫会说呀!"乔氏哼了一声,还是不服气。

张玉通却来了兴头儿,又接着说:"我站起来要走,她又问:'用过膳没有?不如用了再走。'你听,人家小嘴多巧!"乔氏嘴一撇:"我看没什么了不起的。"

正在这时,外边有人喊道:"张仁兄在家吗?"张玉通一听声音,是李文平来了!原来李文平回到家听妻子说张玉通来过,特地回访来了。张玉通还没顾上答应,乔氏就把他推到里间,小声说:"我就说你不在家,你听我会不会说。"张玉通不太放心地问:"你行吗?"乔氏满不在乎地说:"没问题。"

李文平在门外又问了一声,乔氏推开门,满脸带笑地说:"我们当家的不在,您进来吧。"李文平进来,行个礼问:"您可是嫂夫人?"乔氏点点头,请他坐下,又递上香茶。

接着乔氏便问李文平:"仁兄贵姓?"李文平说:"姓李。"乔氏眨眨眼又问:"是弓长李,还是立早李?"李文平愣了一下,说:"岂有此李?"乔氏说:"哎哟,怪长的不太好记。"

张玉通听了气得直跺脚,心说:"要砸锅了!"

李文平喝了一口茶,来到床前,见一个又白又胖的小孩睡得正香,就问:"这一定是你们夫妻的宝贝儿子了?"乔氏听了,把头一低,有些羞答答地说:"这是晚上做的,要是白天也许会好一些。"李文平一听,头发全乍了起来,不敢再待,连忙告辞。

乔氏头一抬,眼一瞪,问:"膳了没有?"李文平听成"骗了没有",吓出一身冷汗,连忙摇摇头。乔氏一见,顺手抄起一把菜刀,在缸沿上磨了几下,说:"那就膳了再走吧!"李文平不敢怠慢,转身就跑。心说:骗了还了得?快跑吧。

张玉通一屁股坐在地上,叹口气说:"认命吧,娶个缺心眼儿的媳妇,教也教不会。" (崔 陟 搜集整理)

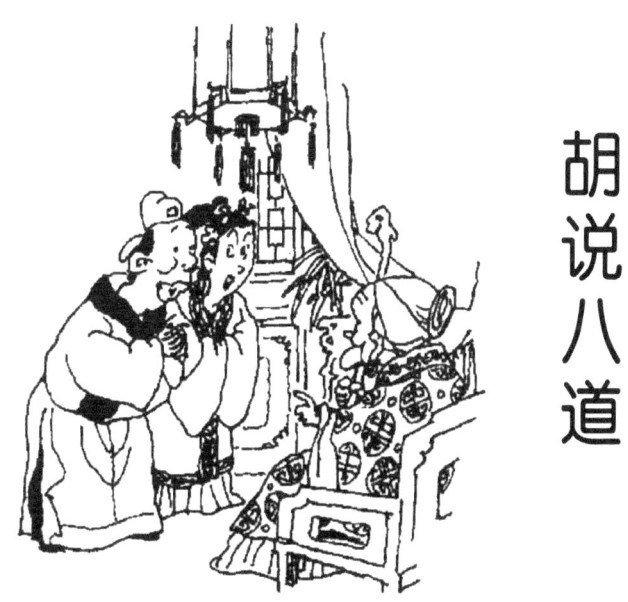

胡说八道

　　从前,有个呆子要去岳母家拜新年,妻子怕他说不好话,就同丈夫一块去。

　　一路上,妻子再三叮咛丈夫:"到了之后不要多说话,老人不问就别吭声。"快走到的时候,妻子又提醒丈夫说:"拜年别忘了见大小。"呆子说:"啥叫见大小呢?"妻子说:"见到老人要喊个啥。"呆子说:"我喊啥呢?"妻子说:"见了我娘就喊'妈'。要是忘了就喊'岳母',岳母忘了就喊'丈母娘',丈母娘忘了就喊'婆娘妈'。只要记住一个就行。"呆子连连点头记下了。

　　到了岳母家,岳母高兴地迎接前来拜新年的女婿。呆子见了岳母,急忙施礼道:"我这里给你拜堂了。"妻子一听丈夫说错了,疾步凑到丈夫耳旁说:"是拜年!别忘了见大小。"

呆子知道自己说错了,急忙改口说:"我这里给妈、岳母、丈母娘、婆娘妈拜年了!"

岳母一听大为不乐,原来听说女婿是个才子,今天怎么这样傻头傻脑的?但又一想,这可能是因为拜新年受拘束,也就不去责怪女婿,便与他拉起话来。

岳母问道:"令尊可好?"呆子不知啥叫令尊,支支吾吾说不出话来。妻子急忙对丈夫说:"令尊就是爹。你就说他不成,白天到庙里赌博,夜晚跟老和尚睡觉。"可是,还没等呆子回话,岳母又问道:"令堂可好?"呆子回答说:"他不成,白天到庙里赌博,夜晚跟老和尚睡觉。"

妻子一听说错了,便小声对丈夫说:"令堂就是妈。你就说她老人家很好,我们天天向她敬孝心。"可是,岳母又问起他家喂的母猪如何,呆子回答说:"她老人家很好,我们天天向她敬孝心。"

妻子一听又说错了,气呼呼地说:"你就说它天天在外打野,一窝能生十几个。"可岳母又问起他家嫂子如何,呆子说:"它天天在外打野,一窝能生十几个。"

岳母见女婿越说越不像话,才知道女婿是个呆子,再也不想问了,起身走进厨房做饭去了。

饭后,妻子见呆子丈夫出尽洋相,不愿在娘家多留,就领着丈夫告别母亲回家了。

(戴金瑛　搜集整理)

和你一样

从前，有个傻子，妻子生个胖小子，要去丈母娘家报喜。妻子怕丈夫说不好话，就对丈夫说："如果要问生个啥，你就说跟你一样；要问是谁侍候我，就说是隔墙的咱大妈；要问我身体如何，就说还可以，能吃又能睡。"

呆子记下妻子的话，兴冲冲地来到丈母娘家。

丈母娘一见女婿来报喜，高兴地问女婿："生个啥？"傻子说："跟你一样。""是千金？""俺没用秤称，不知有多重。反正是个带把的。"丈母娘瞪了一眼傻女婿："你咋说跟我一样？"傻子说："那是俺妻子叫俺那样说的。"丈母娘知道是个傻女婿，只好摇了摇头，又问傻女婿："是谁在侍候你妻子？"傻女婿说："是隔墙咱大妈。""放屁！"丈母娘大发脾气，"谁跟你合着一个大妈呀？难道你还想跟我排一个辈呀?"傻女婿见丈母娘发了脾气,一时吓得直打哆嗦。丈母娘见傻女婿吓成这样子,也就不再发怒了,又问傻女婿:"你妻子身体如何?"呆子说:"像个老母猪,能吃又能睡。"丈母娘看着女婿那个傻样子,叹了口气,再也不向女婿问什么了,赶紧收拾一些挂面和鸡蛋,盛在篮子里,让傻女婿带回去给女儿吃。可又怕女婿不会做,就对他说:"开水下面,滚水打蛋,千万别忘了。"

呆子提着一篮子鸡蛋和挂面往家里走去。他走在一个大塘边,见一个水塘壑子直往外流水,他忽然想起丈母娘"开水下面,滚水打蛋"这句话,心想:我遇上这样翻滚的开水,何不赶快下面、打蛋呢? 于是他放下篮子,急忙把挂面下到水里,把鸡蛋一个个地打进水里,不一会就把一篮子挂面和鸡蛋全都下进了水壑里。

傻子提着一个空篮子回到家里。妻子见丈夫提个篮子,知道是母亲给她带吃的东西回来,就问丈夫:"带些啥呀?"傻子说:"带的鸡蛋和挂面。"妻子一看篮子是空的,不由问道:"鸡蛋和挂面呢?"傻子说:"我都给下进一个水壑里去了。"妻子大声问道:"你为啥要把它下进水壑里呀?"傻子说:"这是丈母娘叫俺这样做的。她让俺'开水下面。滚水打蛋',俺见那水壑里的水翻滚,就把鸡蛋和挂面都下进去了。"妻子一听好不气恼,抬手扇了傻子一个耳光:"你真是个窝囊废!"傻子咧了咧嘴,说:"叫俺卧着睡俺就卧着睡,你不该打俺的脸皮。"

(戴金瑛)

家父所造

从前有个姓刘的财主,听了媒人的一番花言巧语,也不相亲,就草率地把闺女嫁了出去。不料事隔不久,他听人说女婿是个傻子,他半信半疑,决定到女儿家去看个究竟。

刘财主的女儿听说父亲要到她家来,犯愁了:爹是个很要脸面的人,他若见女婿是个傻子,不气死才怪!于是,女儿就把傻丈夫叫到跟前,说:"我爹要来家看你,你说话可要仔细点,别出丑。"傻女婿说"你叫我咋说?"女儿想了一想,就说了几个例子给他听:"比方说,我爹问你今年多大了,你就说,十八;他问你房子是啥时候盖的,你就说,那是家父所造,小婿不知;他要是问你这客厅里的画是哪个画家画的,你就说是唐朝吴道子所作古画。"傻子听后嘻嘻一笑,说:"就这几句话嘛,不难记!"

　　过了几天，刘财主真的来了，傻女婿按照妻子的交待，赶紧到门口迎接。刘财主见女婿到门口迎接他，非常高兴，问："贤婿今年多大了？"傻女婿立即回答："十八。"刘财主想：说话很顺畅，不傻呀？他跟女婿一起走进院内，又问："你家这房子是啥时候盖的？"傻女婿答道："这是家父所造，小婿不知。"刘财主听后更高兴了，随他一起走进客厅，见厅内挂着一幅很漂亮的古画，就问："这画是谁画的呀？""唐朝画家吴道子所作古画！"刘财主心里便踏实了，心想：女婿的话句句说到点子上，又很有文采，怎能说他是傻子呢？

　　过了些日子，刘财主的女儿生了个儿子，叫傻丈夫到娘家报喜。刘财主见女婿来了，问道："孩子生下多少天了？""十八岁！"刘财主吃了一惊，可又一想，兴许是他说得慌忙，说错了，便换了个说法又问："我问小孩是啥时候生的？"傻子信口答道："那是家父所造，小婿不知。"刘财主听他答得驴头不对马嘴，荒唐粗野，顿时火冒千丈，大声斥道："你说的哪朝话呀？"傻子倒不慌不忙，似乎胸有成竹地答道："唐朝吴道子所作古画！"

（张果夫）

众人帮的

古时候,清漳河畔西河下村有个叫长青的,娶了个媳妇,这媳妇样样都好,就是见人不能说话,一说话就要砸锅。为此,长青十分苦恼。后来,他听人们说东河下村张明亮娶的媳妇知书识礼,尤其是人来客往时特别会说话,且说出的话让人听了很舒心,于是,他想让自己媳妇去向人家学习学习。

这一天,长青带了媳妇专程到张明亮家去拜访。一进门,长青就喊:"明亮兄在家吗?"

明亮媳妇听到有人喊,急忙迎出来,满脸堆笑说"真不凑巧,他刚出去。"

长青明知故问:"你是他家的什么人?"

明亮媳妇面带几分羞怯地说:"我是他的贱内。"

长青见明亮媳妇怀里抱着个小孩,没话找话,夸奖说:"这小孩胖乎乎的,多结实!"

明亮媳妇回答说:"这是送生奶奶给送的。"

长青还想让自己媳妇学学明亮媳妇怎么说话,就又赞扬明亮家的房子说:"这房子盖得多好啊!"

明亮媳妇谦逊地说:"这全靠众乡亲帮助的呀!"

辞别明亮媳妇,回家路上,长青问媳妇:"学会了没有?"

媳妇不屑地说:"就那几句话儿,谁还不会?"

长青不相信,一句一句地问,媳妇一句一句地答,回家后,又翻来覆去地练了几天,果然大多都记住了,只有那个"贱内"记不准。长青想了个办法,拿了一个竹筒来,把一支箭插到竹筒内,然后放到窗台上,对媳妇说:"如果再忘了,就看看竹筒内的箭。"

过了几天,长青的朋友守田来找长青,一进门就喊:"长青在家吗?"

长青媳妇从屋里迎出来,满脸堆笑地说:"真不凑巧,他刚出去。"

守田一听,心里想:都说长青媳妇不会说话,这不是说得很好吗? 就想再试她几句,就故意问:"你是他家什么人?"

长青媳妇忘了咋个回答了,张嘴结舌答不上来,心里一慌,左顾右盼,一眼瞧见了窗台上竹筒内的箭,连忙回答:"我是他家的插箭筒子。"

守田一听,强忍住笑,心里想:果然不会说话。故意又问:"你家房子盖得不错呀!"

长青媳妇回答道:"这是送生奶奶给送的。"

守田更忍俊不禁,见她怀里抱着孩子,就夸奖说:"瞧,你这孩子多好看。"

长青媳妇不假思索地回答说:"这全靠众乡亲帮助的呀!"

守田实在忍不住,"扑哧"笑出声来。　　　　(马文广)